Norman Erikson Pasaribu

CERITA-CERITA BAHAGIA, HAMPIR SELURUHNYA

近 乎 快 乐 的 故 事

[印度尼西亚]
诺曼·埃里克森·帕萨里布 著
二时顷 译

中国友谊出版公司

图书在版编目（CIP）数据

近乎快乐的故事 /（印尼）诺曼·埃里克森·帕萨里布著；二时顷译. -- 北京：中国友谊出版公司，2025.5. -- ISBN 978-7-5057-5980-0

Ⅰ．I342.45

中国国家版本馆 CIP 数据核字第 20241VC969 号

著作权合同登记号　图字：01-2024-5718

CERITA-CERITA BAHAGIA, HAMPIR SELURUHNYA (ENGLISH TITLE: HAPPY STORIES, MOSTLY) by NORMAN ERIKSON PASARIBU
Copyright © 2021 BY NORMAN ERIKSON PASARIBU, 2021 TRANSLATION BY TIFFANY TSAO
This edition arranged with Jacaranda Literary Agency
through BIG APPLE AGENCY, LABUAN, MALAYSIA.
Simplified Chinese edition copyright:
2025 Beijing Xiron Culture Group Co., Ltd.
All rights reserved.

书名	近乎快乐的故事
作者	［印尼］诺曼·埃里克森·帕萨里布
译者	二时顷
出版	中国友谊出版公司
发行	中国友谊出版公司
经销	新华书店
印刷	三河市嘉科万达彩色印刷有限公司
规格	840毫米×1194毫米　32开 6.375印张　75千字
版次	2025年5月第1版
印次	2025年5月第1次印刷
书号	ISBN 978-7-5057-5980-0
定价	59.80元
地址	北京市朝阳区西坝河南里17号楼
邮编	100028
电话	(010) 64678009

目 录

001　恩奇都除夕临门
003　献给长眠的睡前故事
007　你叫什么名字,桑德拉?
026　青年诗人心碎存活指南
037　巨人正传
080　三是爱你,四是憎你
083　中介:雅加达,2038
106　褐深似墨
119　欢迎来到无回应祈祷部
134　愈显主荣
158　我们的子孙将多如天上的云
187　她的故事

196　致谢

恩奇都除夕临门

"河水在雨中持续上涨,褐色的水流到门前,打湿了车身的尘土,黄尘染作深色。蓝色门毯从逼仄的车库中逸出。还有那扇锈迹斑斑的绿色大门——除非记起它的存在,不然我们就回不了家。蜉蝣在水上飞旋。我们透过黑窗打量这一切。这时隐约传来一声猫的惊啼,不知来自何处。住在路口的那个寡妇走进水里,身穿蓝色雨衣,顺流而行。我们知道,太阳的眼球比我们脚下这颗蓝色星球还要大得多,我们见证这一切,而太阳见证了我们。可这时一只小手拽住了你的 T 恤,喊你下楼去吃早饭。他们说,底下有人在等你，对方已经找了你很久。你说，好，马上就下去。这时探出一颗脑袋，提醒你们起身离开，沿着斜坡往下走，走出电影院，好像急着去上厕所一样。但这些都转瞬即逝。"

他们说道，面孔隐入黑暗。他们打开门，迎接剧终。

献给长眠的睡前故事

刚进短篇小说写作班的时候，他们要我讲述一件自己所知最悲哀的真事。于是我告诉他们，我面试过幼儿园教职，当时遇到过同样的提问；我以"闹钟男"的故事作答，面试失败了。母亲在世时给我讲了他的事——他们是同乡。要是闹钟不响，这人就醒不过来。我告诉面试官，"闹钟男"奋不顾身地爱过我母亲的友人，七年来视其为白月光，却在两人初次约会前夕忘了设闹钟。那天"闹钟男"没有起床，而我母亲的朋友在游乐园售票处一直等到日落，以为自己被他狠狠耍了一顿，遂投入他人怀抱。"闹钟男"就这么沉睡了五十年,直到某日无端惊醒。他发现床上铺满头发,追溯其源,竟是从自己脑袋上长出来的。他把头发剪短,又被镜中容貌吓了一跳:眼前的自己苍老而羸弱。反应过来这是怎么一回事后,他待在镜子前哭个不停。然后他回忆起自己和心上人的约定,心急火燎地擦干眼泪、冲了个澡,把自己收拾体面就奔赴游乐场。当然,途中他迷路了,又花了好几个小时、问了好几个人才找到目的地。现在那里是个购物中心。满怀着哀伤与悔恨,他又开始哭泣,这次是在路边。他再次想起了我母亲的朋友,立刻动身寻觅心上人的踪影——当然,他的心上人其实早已另有所属。我母亲的朋友显然搬到了别处,于是"闹钟男"来找我母亲。他把事情原委都告诉她,讲着讲着痛哭出声,再继续讲,最后问起那人的地址。母亲告以实情:她的朋友两年前已死于前列腺癌。"闹钟男"再度落泪,这次是在我家客厅的沙发椅上。"他觉得自己已经没了活头。随后,他说自己饿了,一顿狼吞虎咽,然后回家去了,再也没有出现。"我对面试官这样说道，故事讲完了。面试官皱起眉，问我此事真实与否，我点点头。他又问，"闹钟男"怎么可能不吃不喝还存活五十年？我回应说，自己也不清楚背后的科学原理，然而事情确实如此。之后，他问起"闹钟男"的身世和过往经历，而我如实答道："母亲从未向我提过这些。"一阵漫长的沉默之后，面试官说："他不可能活下来。"然后他通知我，我没有得到这个职位。回家时我哭了一路，因为我真的很需要这份工作来承担母亲的医疗费。一个月后，母亲离开人世，而"闹钟男"故事的全貌也随之尘封——我始终找不到合适的机会向她打听——我才意识到，求职被拒造就了一个更为悲哀的故事。依我看，向人倾诉苦楚却无人置信，远比经历苦难来得糟糕——否认发生过大屠杀岂非比大屠杀本身更加悲惨？我又想到假如告诉面试官自己因讲了"闹钟男"而被当成满口胡言的谎话精，以致搞砸了幼儿园教师的面试，那我便会得到这份工作，因为至少有一层故事能成立——我面试幼儿园教职失败了。可是我怎么说得出来呢？面试的当下，我还没有遭到拒绝啊。我还想到如果我讲述"闹钟男"的故事却被视作骗子，这件事比"闹钟男"的故事本身还要悲哀；要是我讲完了自己因"闹钟男"而被当成骗子的故事，人们却依旧觉得我在扯谎，不就显得越发悲哀了吗？我觉得这类故事总有一天会派上用场——永不见底的伤心深渊，我得以从中抟砖垒造属于自己的悲苦通天塔。或许某一天，我可以把这个故事讲述给那些不听伤心故事就睡不着的人。他们将伴着我的故事安然长眠，也许会一直睡到永远。于是，我从那时起决定去写作班，好让这个故事悲哀下去。写作班里总是问"你经历过的最坏的事是什么""你最黑暗的秘密是什么"之类的问题，而有些人从来就相信自己拥有最凄惨的经历、最怪异的秘密和最狂野的想象力，故而对我所讲述的故事从来兴致缺缺，遑论对我本人。

你叫什么名字，桑德拉？

桑德拉妈妈要去越南广南美山圣地（Mỹ Sơn）旅行，是在她的独生子过世四个月以后。

她会在10月初的周五早上从雅加达出发，去往吉隆坡转机。机票很便宜。前些年出了两起"意外"之后，马航总是供应特价机票，其中就包括吉隆坡—河内航线。但桑德拉妈妈的消息并不灵通，无从获悉实情。相反，当她看到票价，她便想到这是天上的父赐福于人。桑德拉妈妈伸出掌心，接收了这一神圣的讯息，她迅速清点了自己的年假余额：将近二十天。上司来自梭罗，是个地道的爪哇人；

晓得下属最近遭遇不幸,他没多过问就批准了假期。

桑德拉妈妈对越南了解有限:它是个社会主义国家;它和印尼一样,都是东盟[1]成员。偶然间,她发现了美山圣地的印度教寺庙,一处古占婆王国遗址——因为她凌晨三点还泡在网上,流连于英文关键词"我的儿子"(my son)的搜索结果。

她的儿子名叫拜森(Bison),可你或许不知道,她喜欢简单地喊他"森"(Son),尽管这个音节也让她想起索尼娅(Sonia)——她最喜欢的宝莱坞电影女星的名字。

几个小时后她决定前往越南。那时她刚醒来,脑袋昏沉,一阵阵抽痛。她径直走到厨房,里面堆满了杂物,洗衣机三合板托座下藏匿着成群的蟑螂。她开小火煮了一锅水,掀开餐桌上的蓝色塑料饭罩,探向一根熟得透黑的香

---

[1] 即东南亚国家联盟,由马来西亚、泰国和菲律宾于1961年在曼谷成立,后印度尼西亚、新加坡、文莱、越南、老挝、缅甸、柬埔寨等国陆续加入,现为亚洲第三大经济体。

蕉，伸手拧去茎柄。

她嚼得很细，随后缓慢起身，从冰箱顶上取下急救药箱。她需要扑热息痛，得是以前拜森常用的强效款。药箱是红色条纹的，塑料泡罩闪着玻璃般的光，里头封有药片。塑焊箔的质地使她联想到指甲刀上的金属锉条。药片的模样仿若涨大的白饭粒，尝起来有种药品特有的苦味。桑德拉妈妈发现这一款是她吃过的最有效的止痛药。

药里的咖啡因开始见效，她头脑清醒起来便做起她的日课——至少是在那个决定性的深夜以后。那天，拜森的朋友打来电话。他们都是大学生，一起合租公寓。电话响个不停，最后她终于下床去接。日课的内容是：为她的孩子、她的头生子、她唯一心爱的 anak siakkangan 之死痛哭流涕。

大概过了二十分钟，桑德拉妈妈从桌边吃力地挪到炉灶旁边，冲了点速溶咖啡。

她一边等着糖溶化，一边收拾地板上堆积如山的脏衣物，把它们塞进洗衣机。她从储藏室里拿出拜森的旧行李箱——他曾带着这个七十二升的美旅牌行李箱去往五十五公里外的唐格朗读大学。然后，她啜饮着咖啡，致电年轻有为的侄女贝特丽丝，她供职于外交部。桑德拉妈妈说，自己想办护照。

安东妈妈听说了这个旅游计划后，大吃一惊。她和桑德拉妈妈都来自北苏门答腊的一个小镇，两人都是当地巴塔克新教教会妇女唱诗班的活跃成员。同她认识的其他人一样，桑德拉妈妈从未出过国。安东妈妈自己也只从她的双胞胎子女那儿听说过外头的事情：安东和安东尼娅会趁着周末环游东南亚，回国后便告诉她，别处是怎样整洁、怎样有序，价格也更不菲，等等。安东妈妈疑心孩子们言过其实。他们知道，她怕坐飞机。要是有到哈里亚博霍的公交车，她甚至能一路坐车回乡朝拜。

葬礼之后，安东妈妈常常到桑德拉妈妈家里过夜，亲眼看见桑德拉妈妈在睡梦中哭泣，身子像猫崽似的蜷着。她声声唤着亡儿（"拜森！拜森！"），两手在虚空中攥紧，恰如安东妈妈所想象的《旧约》中约伯痛失骨肉的模样。因此，安东妈妈对朋友的疯狂计划表示支持。

"护照已经搞定了，安东妈妈。可我该怎么跟彭德塔神父讲呢？"桑德拉妈妈问。她想起神父。她们在唱诗班排练，指挥刚刚说起下周末教堂将举行聚会，庆祝巴塔克丰收节[1]。"希望彭德塔神父别介意。"桑德拉妈妈嘟囔着，忧心忡忡。幸好安东妈妈站在她这边。拜森还是个小不点儿的时候，安东妈妈就认识他了。1992年，桑德拉妈妈刚刚搬到勿加泗，她们俩立马交上了朋友。那时桑德拉妈妈孑然一身，面色因贫血而苍白，婴儿背带缠在右肩；她瘦骨嶙峋，仅以盐水"汤"泡饭果腹，为廉租房的租金愁得合不上眼。

---

1 原文为"Gotilon"。

每当桑德拉妈妈下午轮班，安东妈妈就会去接小拜森放学；她常常帮忙代领他的成绩报告单；他家的水龙头里没有净水，她就让他和自己的小孩一起洗澡。拜森高中毕业时，她送了一个五十万卢比的红包。她把电脑借给他，让他上网去查高考成绩。

正因如此，安东妈妈懂得。

她拉住桑德拉妈妈，捏了捏她的手。"姊妹[1]，你去吧，"她说道，"最好别告诉他，他肯定会拦住你的。"

迎着漫天晴空，桑德拉妈妈飞往河内。座位是58C，狭窄的过道对面有一位白人女子，正紧盯着椅背的显示屏。她看见了云层，宛如飘浮在半空中的床垫。云就这样成了她的新欢。天呀，从这儿望出去，它们真可爱啊，她微笑

---

1 原文为"Eda"，巴塔克语中女性对于同性的称呼。

自忖。

然后——尽管在人类意识内产生"记忆"需经复杂的多重步骤,而记忆甚至懒得去求证应否如此——桑德拉妈妈回忆起了粉红色棉花糖,那是拜森生前最爱的吃食。那时他还小。

每次轮到她上早班,她总会在晚上回家时给他带些棉花糖。她以前在铭登区的服装厂上班,边上十字路口就有棉花糖推车。糖贩子喜欢在附近的中学一带转悠。她会拎着一包甜蜜蓬软的云朵,从那儿一路走回她位于拉瓦鲁布区的家。一到家,她就躺到电视机前的地垫上,支起胳膊,用手掌托着脑袋。拜森在一旁靠墙坐着。他们边咬棉花糖边看每晚播出的家庭智力问答,取笑那些不耐烦的父亲、鸡同鸭讲的手足。她曾无数次回想起这一母子共度的仪式,每每泣不成声。而这一回,许是因为初次航行而略感恐惧,她动弹不得,唯有无助地陷进座位。

几小时前,她尚在吉隆坡机场跋涉,搭乘单轨列车到其他航站楼尤为困难,哪怕贝特丽丝已经指点过她旅途中可能遭遇的种种状况。有二十页 A4 纸!——但那是在她爸爸,也就是桑德拉妈妈的哥哥,为她怂恿、协助姨妈出国而大发雷霆之后——封面页画着一个手形指示标。贝特丽丝建议姨妈到了河内先休息两三天,适应一下当地潮湿的气候。之后她可以继续上路,先到会安,最后抵达美山。桑德拉妈妈表示赞同。

飞机餐送上来,桑德拉妈妈看着托盘里的水果沙拉,想起安东妈妈。她想朋友这会儿肯定在忙着准备丰收节的包裹。(可悲的现实是,水果都是从市场里批发的——不好意思,神父,我们这儿是勿加泗,不是老家农田!)余下的航程里,她尽力不去想拜森的事。

如今对她而言,名字成了棘手的难题。"桑德拉妈妈",从来没人这么叫过她。老家亲戚喊她"桑"或者"桑东"。搬到勿加泗后,人们依照印尼以长子/女之名称呼母亲的习惯,叫她"拜森母亲""拜森妈""拜森妈妈"。

巴塔克人圈子里的其他妈妈有时会逗笑似的喊她"纳家女人",即"纳英戈兰家女人"的简称,因为她父亲的姓是纳英戈兰,尽管她外公姓胡塔哈恩。拜森的生父来自西纳加一族,她儿子自然也随他姓。后来她丈夫跟别的女人跑了,抛下她这孤单的纳家女人,拉扯一个姓西纳加的儿子。他身上的西纳加印记微乎其微,但这都不要紧了。他一辈子都是个西纳加。

拜森现已不在,"拜森妈妈"自然亦无从谈起。理由很简单:倘若朋友们依旧喊她"拜森妈妈",教会里的新人可能会问起拜森——他老婆是哪一家的?他们有几个小孩?——不过在葬礼之后,在许多遍"他现已安息于天父怀中,姊妹"之后,留下的是"桑德拉"——纳家的桑德拉,纳英戈兰的女儿。

Ise goarmu?——你叫什么?告诉我你的名字。

小时候,老家的阿姨们都会调笑着如此问她。彼时她可爱得像颗石栗,从主日学校回到家就看到她们笑容满面。

"桑德拉。"她怯声回答。

"你是谁家的,桑德拉?"

"纳英戈兰家的,阿姨。"

后来她就是"桑德拉妈妈"了,尽管这个名字也有不便之处。或许有人会问:"你女儿桑德拉还好吗?"

"桑德拉不是我女儿,阿姨,桑德拉是我。我有过一个孩子,他叫拜森,可他服毒过世了。"

"服毒自杀?为什么?"

"因为我对他说,他再也不是我儿子了,然后把他赶出了家。"

"可你为什么要赶走他呢?"

"我发现他交了男朋友,阿姨。"

So, ise goarmu, Sandra?——那你叫什么名字,桑德拉?

Ise ... ise goarku, Inanguda?——抱歉,阿姨。很抱歉,可是……我叫……

桑德拉妈妈遵照贝特丽丝的嘱咐,乘坐86路公交车,由内排机场前往河内市中心。一路上她昏昏欲睡,耳边萦绕着女人们起落的话音。他们驶过一座大桥,它让她想起了巨港的安培拉桥。很多年前,她还年轻,要去雅加达找工作,那时候她也是坐着公交车越过大桥。她给售票员看纸上的字,手指点着自己的目的地。公交车到站了,售票员拍拍桑德拉妈妈的肩膀。她在龙编的公交终点站下车。

一切如期进展。出租车司机朝她大喊,她则一直重复,像在念叨咒语。穿过街道,她走进咖啡馆,点了一杯贝特丽丝推荐的鸡蛋咖啡,后者还让她练习使用手机打车软件。

"如果你还要命的话,姨妈,就照着我说的办!"桑德拉妈妈出发前几日,贝特丽丝这样喊道——似乎她觉得,一个五十来岁的妇女独自出国旅游约等于自杀。桑德拉妈妈也这么想，可到这份儿上还能怎么办呢？晚了，她来都来了。她在手机里输入Wi-Fi密码"12345678"，给哥哥和侄女发了消息，然后叫了辆出租车。

贝特丽丝给她在河内皇家旅馆订了一间房，那儿房费便宜，符合预算，并且靠近还剑湖。但是，桑德拉妈妈找不到旅馆。她走完了一条街，只见到一幢在建的房子，而后才反应过来，工地旁边的巷子能通向她的旅馆。桑德拉妈妈战战兢兢地踏入狭窄的巷道，谢天谢地，第一个转弯处就望见了一爿高高窄窄的商店——河内的房子都长这样——招牌上写着酒店名。一名白衬衫男子为她拉开玻璃门。前台背后墙上挂了一个裱框的奖状，颁发者是一家机酒票务网站；前台桌面贴有Wi-Fi网络名称和密码"maria1234"。桑德拉妈妈依此认为，老板和自己一样信奉基督。

她意识到，自己坐飞机时忘了祈祷，不由倒吸一口冷气。桑德拉妈妈心有余悸：万一飞机在空中爆炸，千百人因之丧生，那可全都是她的罪过。

接待员安排她住进601号房间。有个大堂门卫抱起桑德拉妈妈的行李箱，搬到楼上去。桑德拉妈妈心想，这儿估计没有电梯，便匆匆跟过去。她来到二楼，看见门牌号"101""102"。所以，底楼是"0"层！她累坏了。

他们终于来到了601号房。桑德拉妈妈太疲惫了，没留意走廊里的小桌子上摆着佛像和线香。眼下她还因店主是基督徒而深感慰藉，第二天就会被佛坛吓一大跳。她精疲力竭，进门后都顾不上检查房间带不带窗户，很快便睡着了。

起初，桑德拉妈妈试着享受她在河内度过的时光——谁不会呢？清晨时分，她立于镜前，从行李箱中取出鲜艳的衣服，然后一一试穿。她计划在第四天搭乘首班列车前往惠安。与此同时，她认为适应一下新环境也有所裨益。

她挑出了一件印着木槿图案的衬衫，那是侄女两年前送她的圣诞礼物。

她决定在还剑湖附近逛逛，随身带着越南语手册。依照侄女的指示，她参观了那座寺庙，一睹玻璃匣中巨龟的遗体。这并不明智，因为她的心神立即发现了玻璃里面的拜森。她慌忙撤离，待在湖边的长椅上啜泣。中午，她进了旁边的肯德基，随后同其他游客一起去观赏水上木偶戏。

她坐在角落的公用长椅上，一个字也听不懂。然而，那叙述人声和打击奏乐的升降起落，却是那么如梦似幻、动人心弦。桑德拉妈妈坐在那儿就开始哭，哭声又响又尖，身边的白人游客问她："你没事吧？"

余下的时间里，她强忍泪水，表演一结束就冲出剧场，又坐到湖边长椅上。桑德拉妈妈恢复了往常的日课。

她为他取名拜森，是因为这听起来颇具阳刚气概，哪怕他不得不在没有爸爸的家里长大。一天，小拜森回家时哭得撕心裂肺，因为邻居家的男孩阿古斯刚刚学习了北美洲野生动物——其中就有北美野牛，水牛的一种。从此孩子们都开始叫他"巴塔克杂种野牛"[1]。

她为他取名拜森，是因为这令她想到"bisa"一词，兼有"能"与"毒"之义，进而又令她想起《圣经》的经文"驯良如鸽，精明如蛇"。她觉得，这是让她的独生子逃离他的生长环境、逃离这个阴湿深井的唯一途径。

她为他取名拜森，是因为每每启唇念起便备感平静。拜（bi）和森（son），拜—森，拜森，拜森。至少在那个周六夜之前如此——儿子问她，能不能聊聊？他坦言最近三个月自己在和塞提亚交往。塞提亚来自梭罗，是拜森的同校学长，比他大两岁。塞提亚是个男孩。

---

[1] "bison"在英文中的意思是"北美野牛"。

行程有变：（一）她要待在房间里；（二）透过小窗一览城市与湖景。薄薄的窗玻璃残留着经年累月的雨渍，始终向她展现一片虚幻的荫翳天空。

她细细翻阅"我的儿子"（my son）的图片搜索结果，一直看到天亮。她访问了拜森的脸书（Facebook）主页，把所有照片重新点赞了一遍。她潜心阅读维基百科里每一篇相关文章——越南和河内的历史，那位建造美山圣地的占婆国王。只有在午、晚饭点她才会停下，步行至附近的肯德基用餐，顺道和前台接待聊几句。她发信息告诉哥哥和侄女，"我喜欢这里"，尽管每天下午她都泪流不止，就在拜森钟爱的止痛药抚平了她喉中的动乱之后。

一切仿佛电影里的闪回，不曾被对话和歌舞所打断。桑德拉妈妈过着毫无波澜的日子，只是重复又重复，一再地重复。终于到了第四天，桑德拉妈妈错过了去往会安的列车。

前台的电话把她叫醒。被问及是否续房一晚，她睡眼蒙眬地答道:"不用。"后果就是她坐在湖边长椅上,一旁是逝儿的行李箱,不知当行何事、当往何处。

她终于起身,拖着满满一箱衣服开始走路——衣物都卷成筒状,封进拉链自封袋(安东妈妈帮她打包的)。

人们就这样告别了前尘。拜森离家去上大学时正是如此,只不过她的目的地是美山——问过前台接待才知道,美山念作"mi'i sen"。她不会在今天起程,或许也不是明天。话又说回来,她还是得在下个月前抵达——mi'i sen,美山,我的儿子(my son),我的拜森(my Bison)——即便只是去修补、解救自己残存的灵魂;即便只是为了传递这一讯息:"安东妈妈,我总算想通了。"

现在的她还得继续仰仗止痛药。

Ise goarmu, Sandra? ——你叫什么名字,桑德拉?
Sandra, Inanguda. Tongtong Sandra goarku——阿姨,

我叫桑德拉。我一直是这个名字。

她又回到这座寺庙。她走过桥,付了三万越南盾的门票,混在一群本地游客里入场。一个穿虎牌啤酒外套的中年女人正忙着跟自己的四个孩子说话,讲的是越南语。然后,就在这屋子里,桑德拉妈妈再次与玻璃后的巨龟遗体迎面相会。她绕着箱子兜了几圈,目光聚焦于这一奇伟的爬行类动物。维基百科告诉她,当时金龟神把一把剑借给越南国王,国王用这把剑打败了明朝,解放越南。依据传说,国王事后将剑归还,如今它深藏于湖底。

"人看不见它,但它就在那里。"几天前,她曾凝望着镜子这般呢喃。那时她正在吉隆坡机场的卫生间里,心中忽然想起这个传说。

现如今,就在这座庙里,桑德拉妈妈又开始哭泣。旁人开始疑惑地瞅着她。她转过身,找见了那个穿老虎啤酒夹克的女人,她手里牵着小儿子。孩子穿一件蓝外套,脸上粘着巧克力渍。"我儿子在那里。"桑德拉伸手指向玻璃后的乌龟,用英语对那个女子说道。泪水淌过桑德拉的脸颊。"那是我的儿子。"不知怎的,她就是觉得这女人能懂。"你知道,那就是我儿子。"

青年诗人心碎存活指南

简而言之,青年诗人度过失恋心碎期需要:(一)一件有扣的珠光衬衫或裙子;(二)一张高级纸巾;(三)一双鞋底完好的跑鞋;(四)一部小说,作者的名字长得吓人;(五)一个空的泡面纸桶;(六)一张琼尼·米歇尔[1]的专辑《蓝》;(七)一本外文(如芬兰文)书,无须在意"哪里"写作"dimana"还是"di mana"。

---

[1] 琼尼·米歇尔(Joni Mitchell,1943—):加拿大传奇女歌手。

情感专家吉南亚尔·丹东尼克,发布于拉瓦比隆[1]青年诗人论坛(现已清除)。

事情过去了两星期,你把厚厚的眼镜换成隐形的,穿着颜色鲜亮的T恤,在别人问及近况如何时回答:"我得承认刚开始是挺难挨的,不过最近几天已经有了起色。"千万别说自己一点儿也不受伤,显然没人会信。星期一清早先到图书馆,别在周末去,不然人们会觉得你闲得无聊;把最爱的自白派诗集还清,你再也不需要它们了。若是图书馆管理员问起,就告诉他们,你在写一部小说,故事背景为三百年前,其中一个角色是经历了1929年股市崩溃的会计师。告诉他们,你在做一项循序渐进的工作,仍在持续推进。

如果有朋友邀请你去家里吃饭,别像从前一样拒绝。即使初次赴宴,也不要带约会对象去——那就看起来用力

---

[1] 拉瓦比隆,雅加达街区,当地以繁荣的鲜花市场闻名。

过猛了。可以捎上一袋柹果，穿一套红衣服。当有人问到你们分手的经过，回答简短些，套用常见句式，例如"我们都喜欢读书，然而事实证明两个人在一起需要有更好的理由"或者"我受不了他总是放屁"。如果没人问，就不要费心编造你那所谓的小说计划。他们并不在乎。

如果人家又请你去吃饭，你可以拒绝，就说周末要回拉瓦探望父母。第三次邀约时，你得接受。要是有人问你在读什么书，你只要笑笑；要是对方继续盘问，你就说自己创作之余正在看齐吉·泽兹亚泽奥维恩扎布里兹基[1]的最新小说，他们多半不会再问下去。要是有人提出给你介绍对象，那就点点头——这种提议基本都只是说说而已。

每天晨间慢跑。你需要内啡肽和属于自己的平静时分。

---

[1] 齐吉·泽兹亚泽奥维恩扎布里兹基（Ziggy Zezsyazeoviennazabrizkie, 1993—）：印尼知名奇幻小说家。

别带上你的 iPod，别捕捉宝可梦。专注于自己的内心。如果遇见了大学同学，打声招呼。若他们邀请你一起跑，你就说很满意自己目前的路线；他们希望加入你，你就回答"太好了"，然后笑笑。不要一边跑步一边哼歌——他们会以为你不喜欢沉默。无论他们议论政治、假意周旋、自吹自擂甚至探讨诗歌，你都得接上话茬儿。

星期四下午去学校，去教学楼 E 楼——每星期的政治研讨会在此举办。提前一天搜索本周演讲者写过的论文，领会其意，然后重读。访问各个艺术类、政治类期刊的网站，把上面的免费文章读完。订阅他们的通讯，屏蔽广告。使用 VPN（虚拟专用网络）。每个星期四都带上一个塑料笔盒。研讨会期间，坐到前排，在提问环节提出一些敏锐的问题。勿用"不算提问吧，我想说……"这种话，无趣且不合时宜。活动结束，众人鼓掌之际，把你的笔盒弄落，利用这点再磨蹭一会儿。演讲者向你打招呼、开始搭话，这时奉承一下他。你说你发现他论文里蕴含的激进观点颇具吸引力；提起具体的某一篇，声称那是你的最爱。假如他漠然置之，那你道声晚安就离开；假如他来问你的电话号码，那就告诉他；假如他当场约你出去喝咖啡，那就说你要陪朋友参加闪速约会，随后漫不经心地补充一句："不过要是想出去玩，你就给我打电话吧！"当然了，他会说"当然"。然后你返回自己的出租屋。

周末来临，你不禁想翻翻叔本华著作，读读塞克斯顿和普拉斯的诗集。抵制这种诱惑，转而试着联系朋友，询问他们要不要吃晚饭。不是在你那里吃，毕竟你的屋子像波洛克[1]的画作。问问他们想不想试试史纳延商场里那家泰国菜，那里菜量很大，足够两三个人吃饱。晚上九点，你上床睡觉，以充足的睡眠确保最佳心理状态。若你实在忍不住要读哲学书，焦虑已令你彻夜难眠，那就读读伯特

---

1 杰克逊·波洛克（Jackson Pollock，1912—1956）：美国画家，20世纪抽象表现主义艺术运动领军人物，以画布上随意泼洒颜料的"滴画"而著称。

兰·罗素的《幸福之路》吧。这本书很薄，尽管开头略带悲观色彩（内核：现代社会使人无法幸福），但其余章节都体现出感性与智性的圆熟。

前任会在某天夜里打电话给你。别自作多情，最有可能的解释是他的新男友这么晚了还在工作，他太无聊了。要记住：新男友比你"好看"得多，拥有爪哇贵族血统，操着一口假英伦腔。（他会在聊天时不经意提起自己刚从波拉波拉岛度假回来，不停念叨"下潜"，亦即"潜水"。"我下潜了，"他这样告诉你，"是呀，亲爱的，我下潜了。"）如果前任问起，你就说自己刚参加完政治研讨会，他定会沉默不语。他甩了你，却没使你成为约会软件里那种裸露上身的男人。多可悲啊。"政治？"他语带惊讶。你轻轻一笑，说道："哦，其实也不算，我只是陪朋友过去。"

他铁定要问："朋友？谁啊？"

你说："我的写作班同学，你不认识。"

他会很好奇，但你不必说下去，就此打住。

某个晚上，极可能是个暴雨之夜，他又打来电话，宣称自己分手了。他会说前男友一心只顾自己的抱负——说得好像这值得厌憎。他会说前男友把咖啡泼在他的书上，而对方说："亲爱的，对不起呀，咖啡弄洒了。"他会说没有人明白他。他会说自己做错了。如今他堵在塞曼吉的车流里，困于出租车内，话费和体力都即将耗尽，只是为了听听你的声音。他思念你的笑声。"我一直打你电话，你都没接！"他会说，要是可以的话，想来你家住一晚。"你知道吗，有时人只是需要一个怀抱。"你得告诉他："我忙着写小说呢，有空再联络吧。"

继续参加每周一次的政治研讨会。你成了他们的常客。一天晚上，你会收到那位演讲者的短信："我就在你家附近，想出来玩吗？"你回复他："好啊。"洗澡，涂抹除味剂。你的外表至少要达到七分（十分制）。如果先到的是你，去找一处照明昏暗的桌位——有利于掩盖痘印和皱纹。

只要一杯矿泉水,似乎在说:我想等你到了一起点餐。

他到场时喜形于色,他一直想着你们在研讨会上的交谈。本来没什么,可他却入了迷。他会问你,目前有没有伴儿。你说:"刚分手,被劈腿。我那前男友可真是个人才。"你谈到自己的性取向时如此淡定,也许会令他震惊。他会问你这些日子都在做什么。"我在写一部围绕平行故事展开的小说,致敬彼得·纳达斯。"他会问故事开头发生了什么。"一个会计师经历1929年大萧条。算是某种指南。"过了一会儿,他略带醉意,傻傻问道:"爱是什么?"你回答:"荷兰殖民。"

一天夜里,你的前男友干了件蠢事。他过来拿自己落在你家里的东西,一些包含情绪价值的物件:(一)五张《巨蟒剧团之飞翔的马戏团》[1]盗版DVD;(二)成堆的现代

---

[1] 英国喜剧团体巨蟒剧团(Monty Python)创作的超现实小品喜剧作品系列。

男士风尚杂志;(三)没别的了——看到他尴尬地站在玄关那里,你就明白。"哦对……我想也是时候了。"放他进来,对他说:"没事儿,不用脱鞋这么麻烦。"不要帮他一起找东西。他自己会动手找,随后问起你的近况。你指指旁边,用一种"你还想咋样"的语气,不耐烦地回复:"就这样,亲爱的。就这样。"他想要一个收纳盒。你走到厨房,无偿送他一个空的泡面纸桶,然后你可以说:"这就像我们俩的关系,速食,并且致癌。"他会向你道别。不要出门送他。

你和演讲者下一次谈天时,他会把他最喜欢的书借给你。着手写作小说。向他展示手稿节选,以报答他给的优质阅读材料。偶尔在深夜向他发送梗图或者油管(YouTube)上的滑稽视频。带他去 Blok M 广场地下层逛逛旧书店。二人独处时,播放琼尼·米歇尔的歌曲,播一整天、一整周、一整月。如果他能受得了,那他就是对的人了。

当演讲者向你敞开心扉,说起了自己远方的父母,你去准备开一个鱼素[1]派对，叫上所有亲近的友人。查看演讲者的推文，在里面找找有没有他非常想读的书。订购该书的芬兰文版本。购入几箱啤酒和碳酸饮料、素培根、用来酥炸的三文鱼皮、烘干的花生、蔬菜蛋饼、吞拿鱼肠、多种风味的脆片（甘薯片、木薯片、土豆片、香蕉片）。派对前一天，带他去晨跑，就你们俩。他很少健身；你的耐力会让他惊艳。派对上，你向密友们介绍他，可别说得太仔细："他是我的……"就让他们想破脑袋去吧。给他递一杯啤酒，两杯也行。再来一杯芬达，两杯也行。等他终于去了洗手间，你就掏出那本芬兰文书，拎起他搁在茶几上的背包，走到你自己的房间。取一支笔，抽一张纸巾。

把书放进包里。

——在此之前，先把纸巾夹进书里。

——在此之前，先在纸上写下这首诗：

---

[1] 鱼素（pescatarian）：戒食畜牧、家禽等肉食，保留进食水产（主要为鱼肉）的饮食方式。

他要我在雨季交还一切
他要我将一切交还雨季

他要的一切,我都还给雨季
我在雨季,祈求雨季给我雨季

他始终予我以雨季的色彩
他始终画我以雨季的色彩

现在他要我,还他一个雨季
我便悉数奉还
我便空手离开

巨人正传

七年前，巨人的传说第一次叩响我的心门，是因为一部短篇小说《巨人秘史》。我成长于一个距离万鸦老三小时车程的小镇，就在本地的社团刊物上，我邂逅了这个故事。那年我表弟很是抓狂，他怀疑自己的性取向不同。事情到了快让我顶不住的地步——杰米向我倾诉心事，我只得同情地点点头；我目睹他对着《断背山》拍到杰克那件染血衬衫的一幕失声哭泣——所以我答应陪他去参加那个社团每月一次的见面会，聚会地点就在摄政区官厅那条街的一座新教教堂。

我们上网搜索"男同 哥打莫巴古"后找到了这个社团的脸书主页,置顶内容就是活动详情。一入场,迎面是两列排成半圆弧状的座椅。这是那种用于婚礼招待的椅子,却生了锈。杰米和我坐在靠近出口的位置,准备无聊时开溜。有个中年男人来分发社刊,他穿一件黑色T恤,胸前印着柠檬黄字迹"不自由,毋宁死"。在当时的我看来,这话就像是纵酒者的狂言。活动刚开始,我就失去了兴趣,开始翻看社刊。我在"艺术栏目"发现了那个巨人的故事。

这篇写得不好。作者试图赋予行文一种音乐质感,但有好几处都很生硬,甚至在最基本的人物和背景方面都存在瑕疵。主角是一个年轻人,他不停地长高,最后身高达到了三十荷杆[1](作者甚至装模作样地使用了荷兰殖民时期的度量单位),约等于一百一十一米。这不可能发生——哪

---

[1] 荷兰传统长度计量单位。

怕它声称"基于真实事件",还被苏哈托亲孙子认证为百分之百的事实!再看这故事的标题,我又加深了怀疑。作者的脸皮得有多厚,才能大言不惭地称其为"历史",还冠以"秘密"?后来我用谷歌浏览器查了一下这位作者,却一无所获。他用的肯定是笔名。有意思的是,这个故事并未消散,它在我原本平静的脑海之中不断地浮现、闪动。我疑心这与它的背景有关——苏门答腊北部,我那个垃圾爹的老家。接下去几天,早餐时分——我爱睡懒觉,早上吃家人剩下的食物——我时常想起自己读到的故事,为此停下了嘴。

我和杰米刚从高中毕业,除了等待高考结果无事可做。我们年轻又天真,绝大多数时间都在结伴玩乐,开着摩托车到处跑。家里开肉铺的拿来猪肉,开鱼店的拿来新鲜的鱼和鱿鱼。我们会轮流做东,在自家后院举办烧烤派对。以防无聊到麻木,我和两个女孩子厮混,结果我和女孩 B

在雅各布·拉拉家的椰子林深处亲热时，被女孩 A 当场捉住，我不得不制止她们扭打起来。有些夜晚，妈妈打理完自家田地回来之后，我们俩会一起看电视。一次，新闻报道了雅加达宗教强硬分子破坏夜店和卡拉 OK 酒吧事件。我感觉内心翻涌着苦涩而无尽的嫉妒。我心想，假如我生活在雅加达，幼稚到成了狂热分子，那么出现在屏幕上的人就会是我；而那双激情燃烧的眼睛并非属于他人，正是我自己的双眼。

当时还发生了一件令人难忘的事。杰米请求我周末陪他一起去万鸦老。我们借了他爸爸的旧车，那是亚历克斯舅舅卖掉外公留下的椰子林之后入手的一辆宝马。我们在萨姆拉路附近的廉价汽车旅馆里共住一屋，饱览都市景观，还在马拉拉扬海滩一带的杂货铺闲逛。深夜，我们去林荫大道上的麦当劳用餐，嘴里塞满薯条，番茄酱自唇边滴落——我想知道，生活在雅加达，是否就是这样的感觉。

然后，就在我们回到旅馆前，我明白了这次出行的真正原因。我的表弟显然通过约会软件认识了一个人，对方是本地萨姆·拉图兰吉大学的学生。第二天我醒来时，杰米正在照镜子打扮。当天晚些时候，我坐在一家咖啡馆的露天席上，远远观望着表弟进行初次约会。那家伙挺瘦的，脸色像刚献完血一样苍白。过了几个小时，杰米和他走到我跟前。"不用等我回去了，"杰米说，"如果你害怕一个人睡，我的行李箱里有串念珠。"

翌日上午杰米才回来。我从没见过他那么开心——他甚至请我吃了午饭。在回哥打莫巴古的路上，以及日后他开车送我和妈妈去万鸦老机场之时，我都感觉得到——他已经脱胎换骨。

妈妈和我要去雅加达，我被当地一所顶级学府的历史系录取。我和杰米出游之后没过几周，考试成绩就公布了。其实妈妈想让我去棉兰上学，她期盼我有朝一日会起兴拜访我爸那边的远房亲戚,他们还住在巴干塘,但我可不会接纳这种愚蠢的想法。[1]杰米去了万鸦老的萨姆·拉图兰吉大学,就读于土木工程专业。我以为他没能去雅加达上学会很失落,我打电话给他,他却说:"嗨,表哥,至少我们都得到了自己想要的。"第二次联络要等到下个月。我们俩都忙着找地方住,还要准备迎新会。

我和妈妈在巴雷尔找到一个住处,就在铁路后面,靠近大学车站,紧挨着铁轨。这栋小公寓共有两层,五个房间,房东给它起名"青年宿舍"(我猜他没什么创意)。附近有火车驶过时,地板每隔几分钟就会震动起来。我和三个室友共用一间发霉的浴室。住在阳台一侧房间的是个经济学系学生,他总把脏内衣裤搁在毛巾架上,空气里始终弥漫着那股气味。每个月,我得为如此"优渥"的居住环

---

1 棉兰(Medan)是印度尼西亚北苏门答腊省省会,苏门答腊岛最大的城市。巴干塘(Lubuk Pakam)是棉兰周边的一个小镇,两地相距约三十公里。

境支付五十万卢比。我们家并不穷,这一金额远低于我妈妈给的预算——至少,她是这么说的。不过她允许我把没花完的钱自己留着,所以我没有去找更舒服的住所,而决定积攒结余,准备在期末放假后出去旅游。

第二次听说那个巨人则是在"印尼历史导论"这门课上,出自同学之口,当时我突然想不起他的名字。我知道他毕业于雅加达一所顶尖高中,不过迎新会时有人告诉我,其实他父母住在棉兰。他习惯在临近下课时对老师发问,死缠烂打地问个没完,害得全班都晚点下课,令我很是恼火。到处都有人溜须拍马,名牌大学也不例外。那天他正在抱怨历史人物的传记、日记面世太少,而它们恰恰能帮助我们深入理解印尼历史上的关键节点。

他在说什么?我搞不懂。

不过坦白讲,他自信满满地论述观点、回答老师的问题,不时令我嫉妒。我心里承认,他是我们班里最耀眼的人——而我们这些人,都曾或隐秘或公开地为自己"天选之子"的身份而得意过。毕竟这儿是全国名气最响的大学,我们还需要做什么吗?他的锋芒动摇了我。离乡前,我曾向全家人宣布,历史系只是一块踏板。等到明年高考,我要试着换专业——换到管理学系或者行政学系。要是这行不通,那我就去听经济学的课,毕业后马上申请银行的职位。我填报了历史系,仅仅是因为想在大城市里生活,远离自己活腻了的哥打莫巴古,而我晓得历史系志愿的竞争不那么激烈。说老实话,我一直觉得我们系里的人全是半吊子,除了啃老什么也不会。然而,这家伙证明我的想法大错特错。

与此同时,他还在说个不停。我端详他的眼镜,镜片极厚,在映入窗内的阳光里闪闪发亮。他穿着有领衬衫来上课,这种人很稀罕——我一般穿T恤和牛仔裤,自己把裤子撕出好几个破洞,看起来像个混混儿,好让高年级的人知道我不好欺负。"我就说吧。"他叹了口气,不再作声。

已经结束了吗？我以为他正要讲到重点呢。但他紧接着开口，问了这么一句："我是说，有人听说过巨人帕鲁里安吗？"语气近乎反问，仿佛这是众人的共识。

我心跳得厉害。这名字很熟悉，却想不起在哪儿见过。

我的同学讲起了故事：苏门答腊北部，有一个身高一百一十一米的男孩。荷兰殖民统治时期，他就生活在达巴奴里的森林里。"我从祖辈那里听说了他，可是为什么从来没人记录过他的事迹呢？"他问道，语调比以往更加夸张。全班都沉默了。我旁边的女孩笑嘻嘻地用黑莓手机发短信。

事后我找到其他同学，想听听他们是怎么看待那段发言的。他们生不生气，都怪他害得我们总是拖堂？他们会不会暗地里咒骂他、谋划着报复？他们可不可能把他拖到校内的湖边暴揍一顿，大吼"老子早就想这么干了"？但当我问起时，他们回答得很冷淡，随后继续热火朝天地谈论足球，在我看来近乎狂热。

回到自己房间，我准备像往常一样小睡一会儿，却睡不着觉。我还在想着那个同学——依旧想不起他的名字。哪怕洗了澡——室友内衣的"芳香"陪伴着我——我也无法将他从脑海中抹去。第一学期开学一个月了,我和同班同学都没熟络起来,更别说其他人了。

然而今天我却得知,还有一个人也了解那个离奇的故事,大大出乎我的意料;公道地讲,这个故事是我在颇不寻常的条件下发现的。我致电杰米,告诉他发生了什么。

"你还留着那份社刊吗?"我问他。

"嗯?什么社刊?"念土木工程的表弟问,明显没细听我说了什么。他迅速转了话题,热切说道:"嘿,表哥,还记得博纳多吗?"

博纳多就是万鸦老之行时杰米在咖啡馆约见的那个人。我叹道:"行,先说说你的吧。"

杰米开始滔滔不绝——他和博纳多谈恋爱了,博纳多是巴塔克人,只不过父母在他出生前就搬到了爪哇。杰米刚刚和他分手。分手原因？博纳多劈腿，而当他发现自己的劈腿对象又绿了自己时，他便情绪崩溃了。一天夜里，博纳多来找杰米，哭着坦白了一切。杰米气疯了，让他滚回去。"哦，顺带一提，阿姨总在问，你怎么从来不打电话回家？"

我当时就恼了。理由有三：（一）杰米竟然说"顺带一提"；（二）依我看，杰米分手是件大事，可他甚至都懒得主动打电话告诉我；（三）博纳多的行径令我想起我爸，从而越发思念母亲——她付出韶华辛勤劳作，只为供我过上好日子。我五岁时，爸爸抛弃我们，娶了他在占碑的地下情人。

我无论如何也不能给她打电话说我在这儿过得不开心啊，所以我就装作一点儿也不在乎。"还有事吗？"

"我又有了新对象，"杰米笑着说，"两个。"

我问他，就不担心加深"男同志都有多个性伴侣"之类的偏见吗？

"亨利，亨利，"他叹了口气，"我认识的直男可都勾搭三四个女孩呢！这你又怎么说？"语气咄咄逼人。"异性恋霸权。"杰米高喊,然后就沉默了。我等着他把话说完,可他却不讲了——徒留这个词伶仃悬于半空,再无下文。

随后,他花了两小时谈论自己的新欢——一个主修药学,另一个学的是牙科。

"我恐怕有白大褂情结吧。"他轻笑道。

这下,我没打招呼就挂断了电话。

日子一天天过去,我越来越看不惯他卖弄自己才学的样子。我甚至买了几本他高谈阔论时提到的书,但连一本都没看完。难道我真就这么笨吗?怎么会落到这步田地?我郁闷极了。仿佛我渴望行进却没有双腿,只能伏趴在乱石滩里,将自身拖曳。有一天那家伙又在扯淡,我决定向助教打听,随后得知了他的名字——通古·西托鲁斯。他也是巴塔克人!自此,路上遇见时我偶尔会冲他笑笑,而他也会回以微笑。巨人的故事在那期间被我抛之脑后,消失得无声无息。

期中考试结束后,我交到了女朋友。之所以提及此事,是因为梅塔的出现一定程度上影响了我和巨人故事的结局。梅塔是历史系的学姐,在系里的联谊会上,她同我第一次搭话。她问我,为什么从没在基督徒团契时见过我——她捕捉到了我名字里的天主教成分,认为这"很显然是个天主教洗礼名"。"虽然身份证上的确印着'天主教徒',但其实我信奉的是不可知论。"我轻快说道。"哦。"她做出同样轻盈的回应,再没提起基督教团契。可是从那以后,每每在自助食堂相遇,我们总会互相问好。随后几周,彼此的距离逐渐拉近;直到有天晚上,在学校里听完了一场爵士音乐会后,我向她表白,然后就正式成为情侣。我们的恋爱平淡无奇,真的。老实说,我估摸这段关系不会长久,自己铁定能找到比梅塔更强的女孩。

临近期末考试,我开始慌了神,哪怕梅塔从来不烦我。事实上,当她不在我身边时,我很想念她,还想迫使她陪着我。某天晚上她终于发作了,声称我们开始交往以后,她就没有足够的时间学习、看书了。"你想当全世界闻名的学者啥的？"我调侃道，"哦，我知道了，你就是本尼迪克特·安德森。摘下面具吧！"但她冷冷瞪了我一眼，把我孤零零地晾在她那间公寓的客厅。她回来时拿了一杯水。"喝吧。"她命令我。出于礼貌，我咽了几口。"喝光它。"梅塔呛声道。我把水喝完了，梅塔要我"成长起来"。"你也知道，我们又不是裹着尿布跑来跑去的小屁孩了。"我发觉自己脸红了。为了挽回颜面，我表示她说得对，然后就开始念叨家务事——我妈很担心，因为我这儿离家太远了——最后我承认，自己并不喜欢历史，而这或许就是焦虑的源头。本以为她会安慰我，但她却开口说道："你得问问辅导员这怎么办。"话音里听不出一丝同情。

我当然没照她说的做。她懂什么？只知道埋头苦读。我决定放低期望。考虑到不尽如人意的期中考试和作业成绩，再估测一下我的出勤分数（依据我在走廊里向每位讲师问好时他们各自的反应），我预计"印尼历史导论"会得

C+，但"英语"和"印尼语"极有可能是 A-，其余科目也许会在 B- 到 B+ 范围内。可当期末成绩出来，我坐在校图书馆电脑前傻了眼：GPA[1] 2.54，烂透了；"印尼历史导论"得了 D。

回家时我哭了一路（怪丢人的），一进屋就打给了杰米。我没做铺垫，直接问他 GPA 是多少。杰米答得闷闷不乐，说自己对成绩很失望。我来劲了，想骗他说漏嘴。"失败是成功之母嘛。"我引用广告语说道。"对，对，是这样。"他说。最后他说出了他的分数：3.54。

我无地自容。此时杰米还在哀叹自己得再练练勾线笔绘图，"技术设计 1"只拿了 C。然后话锋陡然一转，他说自己终究对白大褂不来电。现在他有三个追求者：第一个是土木专业的学长；第二个主修经济发展，是他的佛学课同学（这门课杰米轻松拿到了 A）；第三个是一位年轻的

---

[1] GPA，全称是 Grade Point Average，即平均学分绩点。

助教，这人问杰米要不要当他的助理。

"助教助理要做些什么？"

"满足上司的生理需求。"杰米冷冰冰地说，旋即爆笑。我猜已经有很多人问过他这个问题了（杰米总能交到一大票朋友），而这是他的标准回答。

太扎心了，没法再聊下去，我赶忙挂了电话。后面几天越发惨淡。梅塔评上了人文学院的本年度优秀学生，我和她去看电影庆祝，她半开玩笑地说，初见时以为我很会批判性思考，因为我自称不可知论者。"也没关系，"她说，"我不介意交往对象没自己聪明。"我假托去上洗手间，坐在厕所隔间里流泪，特别想念妈妈——现在我只在索要每个月的生活费时才会联系她。我真正讨厌的是，梅塔每天早上还抽得出时间做祷告，并为学院里的三名新生担当属灵导师，尽管指导工作并没有听上去那么繁重——主要包括聚餐、自拍，而非探讨佐证耶稣与圣约翰之间隐秘恋情的经文证据。

看完电影回来，我问起梅塔学业有成的诀窍，自然期望她说些不着调的话，好让我心里舒坦点。她只撂下一句"用功读书"，这个回答惹怒了我。我受够了总是被她看扁，可得行动起来了。过了几天，我的祈祷有了回音：人文学院的布告栏里有个通知，本院院刊招募新记者、新编辑。巨人的故事蓦地浮上心头，我决定报名。

《学思》新人介绍会上，通古·西托鲁斯也在。我首先注意到了他的牙齿，它们是多么洁白、齐整。

通古认出了我，立即走过来落座。"亨利，你也对新闻感兴趣？"我很惊讶他竟然知道我的名字，连忙打起精神。前一天夜里，我用谷歌浏览器查了很多记者，以备万一，现在派上了用场——通古果真问了我。我说自己欣赏卡普钦斯基[1]的作品，他高兴得尖叫起来。他说他还没碰到过读

---

1 雷沙德·卡普钦斯基（Ryszard Kapuscinski, 1932—2007）：波兰记者、作家、摄影家和诗人。

卡普钦斯基的人。《与希罗多德一起旅行》是他最喜欢的一篇，尽管评论家们都对《太阳之影》赞不绝口。

"你呢？"他兴奋地说，"你最喜欢哪一篇？"

"当然是希罗多德，必须的。"我继续装作热诚的模样。从那以后，我的生活有了新目标，终于有了一个算得上朋友的人，通古和我总在图书馆待上很久。我学着梅塔的样子，问他怎么从没在普世基督徒团契时见过他——"你看起来特别像教徒"——而他回答说，他的父母分属不同信仰。"我还没想好选哪一个，"他认真道，"感觉现在还没必要。"

我想给他一耳光。

就连他对于宗教这类琐事的回应都叫我叹为观止。我把这句话存进了手机——等到梅塔 1.0 成为过去式、梅塔 2.0 出现的时候就用上它。

我致电杰米，告诉他我交了通古这个朋友，又讲了一遍在课堂上提及巨人的经过。杰米一点儿都记不起巨人的事了。我也告诉他，自己现在成了院刊的助理编辑，前辈们觉得我行文节奏不错——管它呢——尤其是对于一个阅读并不广泛的人来说。"是不是说我有点儿写作的天赋？"我问，试图套出一声夸赞。

杰米笑得差点噎住。他说："嗯嗯，像是有吧。"

我把整件事都说了——布告栏里的公告让我想起那个巨人，所以我才报了名。然后我问，我们在哥打莫巴古去过的那个社群怎么样了。

杰米说那个社团不算大，会员三十来个，管理员五个。"我是说，你知道老家那边都是怎么办事的。"杰米叹了口气。他们不曾开会商议宗旨和宣言，没办年度换届选举，由于缺乏意向，也从不进行大规模的深度探讨。"最近一次活动是聚众观影，我们看了《谁吻了洁西卡》。"他说，"有人带了盗版碟，1080P 的！棒极了。"他说来了个新成员——一位意大利漫画家，投资了本地的椰子公司。她是跨性别人士，创作了一部荒诞的图像小说：超级英雄星黛拉能够轻而易举地更改任何一个人的性别和性取向。

"这礼貌吗？难道不会误导人吗？"

"亨利，亨利，这真讽刺，亲爱的。且不说荒诞主义，作者可是跨性别者，幽默是她的应对机制。啧，异性恋霸权。"

我挂断了。

得益于我和通古的交情，我的成绩突飞猛进。我们开始一起学习，每每写作论文，他总会帮我选择方法论、构建论点。"永远站在农民一边，"通古曾说，"理应如此。还有——别跟人讲——安德里老师是个地下党员。地下共产党员。"

"不可能吧！你怎么知道的？"我震惊地问道。

"他脸书上这么写着。好吧，这是个不算秘密的秘密。"

通古夸了我的文章，说它节奏感好，读起来很有意思。有位讲师问我，能否把我那篇有关水泥公司的论文登在自己与友人运营的"左"派刊物上。第二学期末，我有三门课拿了A-，其余则是B和B-。我制定了一个跟母亲通话的时间表，尽力将它执行。我告诉她，我发现历史比自己原本设想的有趣得多，而我也根本不打算转专业了。"做你想做的事吧。"她说。有一回，她和我说，父亲曾打来电话。"他的孩子患了伤寒，需要钱。"她说。"什么也别给他。"我唐突地答道，对这件事做出最终发言便转移了话题。

为了庆祝梅塔的生日，我们在芒格商城的韩国餐厅享用晚餐，浏览过仿冒设计师的成衣和包袋，觉出了类似希望的东西。"你在读通古读的那些书，对吗？"梅塔问道，试图探得我近期学业成功的秘籍。

在那之后，我开始重新翻看以前购入的书，也就是通古在课堂上提到的那些，现在我总算能通读它们了。还有，感谢梅塔的信用卡,我终于订阅了卡普钦斯基的专栏,真正读了他的文章。讽刺的是,《与希罗多德一起旅行》是我最不中意的一篇。

某天晚上,在《学思》总部完成了闭年刊的编辑工作后,我告诉通古,我也知道那个巨人。很久以前,那时我还没高中毕业,就读到过他的故事。

"开玩笑吧!"通古发出惊叫,陡然严肃起来。"是在什么地方?"

"在我老家一个男生社团的通讯报上。"我答道。

"亨利?你喜欢男生吗?"

"不是我,是我表弟。当时他还在性取向彷徨期,所以我跟着他去了。"

"哦。"通古道。

轮到我问他了,他从哪里听来巨人的故事?

通古似乎有些犹豫。

然后他取出钱包,从中掏出了一张照片。照片里是一幅画，画着一个男人。男人将手搁在一只硕大无朋的脚上。"这是我奶奶的爸爸。那个是巨人帕鲁里安。"我目不转睛。通古接着告诉我帕鲁里安的事。他生活在巴塔克战争开启前的19世纪50年代，相关历史记载寥寥，散佚各处，声称他是人类与Begu ganjang的混血后裔。在巴塔克的旧日传说里，Begu gangjang是一种长身生物。有人说，帕鲁里安是块活垫脚石，Mulajadi Na Bolon——巴塔克传统信仰中的神明——便是借由它下凡，降临人间。涉及帕鲁里安的零星线索都有失连贯，不足为据，是故历史学家起初认为他的故事纯属传说。不过，根据通古的说法，有一件事是确凿的：帕鲁里安的存在让荷兰人心惊胆战。这个比肩山峰的巨人震慑了荷兰东印度公司，使之未将塔帕努利纳入统治。"除此之外，东印度公司相信，从经济角度来看，在这片区域捞不着油水。当时甚至还没有'巴塔克'这个标签——村落之间罕有联络，各相独立。"

但是后来，通古说道，伊斯兰势力在南（西苏门答腊）、北（亚齐）两面崛起，政治局面随之一变。至此，塔帕努利才又引起了东印度公司的重视。

东印度公司将调查员弗兰兹·容洪派往此地。"容洪的报告里没有提及帕鲁里安，但是他秘密致函巴鲁斯总督，信中详细谈论了长身巨人帕鲁里安。"

"真的？他怎么说？"

"简而言之，"通古说，"他说帕鲁里安这厮虽貌如高山，却崇尚和平。有他坐镇，此地得享太平——兴许因为他的脑袋大过常人千倍，他能想得极为深远。"

东印度公司最后找到了控制帕鲁里安的办法。他们遣出爱好和平的教士，令巨人皈依了基督。"传教士们或许并不知晓东印度公司的背后计划，"通古说，"即便如此，他们还是带来了自己那套种族主义、欧洲中心主义思维。"

帕鲁里安迷上了耶稣事迹——道成肉身，为驱除世间罪恶而殉死。他和教士们成了朋友，还帮助他们建起一个越发"现代"的村庄，病人可在其中得到疗护。"当时的卫生条件,"通古说,"和耶稣那年代的巴勒斯坦没两样。"

6月的一天,帕鲁里安沐浴着晴日的蒙蒙细雨,行了洗礼。他得到一个新名字——约哈内斯(Yohannes),耶稣的爱徒。

帕鲁里安和塔帕努利的人们(他们才方被识别为"巴塔克人")每周都去山腰的村落做礼拜。据现有记载,帕鲁里安赞颂上帝的歌声响彻山间。

然而,同以往所有人一样,帕鲁里安受洗后不久便体验了基督教的阴暗面。东印度公司袭击此地,而帕鲁里安信奉"有人打你的右脸,你把左脸送给他打",坐视他们入侵。他们顺利击溃了他。东印度公司的部队用石块堵牢了他的鼻孔。星期日正午,帕鲁里安咽下了最后一口气。"或许他相信,为了伟大的事业,自己必须献身。"通古语调悲伤,夹杂着愤懑,"谁知道那是什么。"

"战争摧毁了一切。"通古说道,为故事画上句号,"几乎没留下什么能证明帕鲁里安存在过的东西。巧的是,帕鲁里安和我阿嬷是同一个村子的人，我想办法联系到几户人家，他们还会给睡前的孩子们讲帕鲁里安的故事。我自己的亲戚都对帕鲁里安一无所知，他们只关心上天堂还是下地狱。"

我回了宿舍，惊得目瞪口呆。这个帕鲁里安的故事太荒唐了，怎么会是真的——我纳闷儿通古是不是在耍我，以此彰显他的优越感。这故事的确像是从《圣经》里摘出来的，譬如约书亚借助上帝的神力，使地球停转。但另一方面，这故事是通古亲口讲的。通古写过一篇纪实报道，描述荷兰二次侵略期间躲进森林的人们患上皮肤病的遭遇，之后我们的大众写作课老师就将他称作"下一个普拉姆迪亚"，没人会质疑通古的调查是否属实。

巨人的故事改变了我。我和通古在课间不停讨论着他，其中有太多的可能性（以及不可能）。关于曾祖父站在帕鲁里安脚边的那幅画像之来历，通古仅能回答"天知道！我妈说那铁定是太爷爷无聊时画的。这图绝不可能源自殖民时期"。我时而觉得自己猜得太深、太离谱,随后便备感尴尬。不知不觉,通古和我俨然已成密友。我开始玩笑似的喊他"巨人",还把父母的情况都告诉了他。作为交换,他也分享了自己的故事:十七岁高中毕业前,他一天得做五次礼拜,每周五到清真寺诵经,每周日早上去望弥撒。"有一年的复活节和开斋节只隔了两天,可真让我松了口气,"通古笑道,"这样我就能把斋戒集中在同一个月了。"

"亨利,你知道吗,"还有一次,他这么说,"我认为自己已经攒够八辈子的功德了。"

他对我说起这些事,而我只是笑笑。

我的成绩继续进步,到大二下学期,门门功课都是 A。也是在这个学期,我和梅塔第一次发生了关系。她仍是班上的尖子生,仍然十分虔信,不过稍微有些松懈了。可她跟我说,婚前不会再和我上床,这让我很失落。

我妈和杰米过来看我，通古也在（梅塔没来见我妈，因为她不想让别人觉得自己"恨嫁"），我们在梦幻乐园玩了一天。杰米认为通古很可爱。他一直在盘问我通古有没有跟男人谈过恋爱，哪怕我也一直告诉他，我很确定通古是直男。

"异性——"

"——恋霸权。"我抢过话头。杰米只得皱眉。

大三上学期初，我这一届的历史系学生全都热议着论文选题，就连那帮老是泡在食堂里谈论足球和性、兜售假运动衫的人嘴里也换了话题，尽管他们的主意还是很低级，跟他们聊的其他内容一样：对 X 博物馆目录的研究，对 Y 神庙浮雕纹样的主题分析。他们只想着毕业，压根儿没兴趣为这个学科做点有意义的贡献。我没法向梅塔求教——她已经去了加里曼丹岛库泰国家公园，做毕业论文的研究。因此，我大部分时间都和通古在一起。我信心满满：一切都会很顺利的，我们俩都能拿到 A。然而，一天夜里，我们从图书馆出来，往车站方向走回去时，通古说他喜欢我。

他的话击中了我，仿佛列车撞上一个戴着耳机横穿铁轨的大学生。

"就像……'朋友之间的喜欢'？"我倒吸一口气。

"是梅塔喜欢你那样的。"通古紧张地说。

我沉默了好一会儿，才开口回答——答得小心翼翼，毕竟还要他给我的论文帮忙呢——"通古，我也喜欢你，不过就跟我喜欢杰米一样。"

他拉下脸来。

为了让他好受一点，我补充道："但如果我喜欢男生，绝对会爱上你的。"

通古听了这话，扑到公园长椅上哭泣。我不知所措。

我坐到他旁边，伸出手臂揽住他的肩。他浑身颤抖，令我越发摸不着头脑。于是我把杰米说过的话告诉他，而通古却小声回应："他并不是真正懂我的人。"哭泣声淹没了话音。

名为通古的精致皮囊下竟藏有这般真身，令我始料未及。我挺过意不去,一直搂着他,直到哭声停歇。

接着,我请他在车站边的排档吃了饭,他喝了两杯热茶——我那杯也给了他,随后他对我讲起家事。他说父母两人都极其虔诚,待在家里宛如置身十字军东征,而通古就是耶路撒冷。父亲带他见了教区神父,母亲一获悉此事就替他报名了《古兰经》研读班,而父亲知道了母亲的行为后,便出门买了几本比较宗教学的著作给他看,等等。

"我一直饱受其苦。我也认识其他出身于多信仰家庭的孩子,他们的爸妈并不会这么干。我爸妈怎么就不能像别人一样过安生日子呢?"他声音微颤,不过人还是平静的。通古的姐姐喜欢女生。她和留宿家中的大学同学接吻时被父母撞见,他们把她赶出了家门。通古五岁时就知道自己喜欢男孩,性取向保密至今。"爸妈只剩下我了。"

所有这些负能量把我搞得心神不宁,而且我还得赶在洗衣房打烊前把脏衣服送过去。我换了个话题,告诉他,杰米的爸爸是一个退伍军人,在杰米向他出柜时哈哈大笑。"他声称自己早就知道了，早在杰米出生前，"我说道，试图活跃气氛，"因为杰米的妈妈怀他时还坚持要订《你好！》。谁见过三十多岁的女人还看小屁孩杂志的？"

通古微微一笑，他似乎开始恢复元气了。我再次提起杰米对他颇有好感，却被他无视，他转而谈论起学业。

当天晚上，我打电话给杰米，他先是大笑，笑完便说："我就说嘛！"不过他现在没兴趣找新对象了。他还在跟土木系学长交往。"这绝对是爱。"杰米说道，我隔着电话都能察觉到他在害羞。他下了严令，要我始终陪在通古身边。"行，行。"我在通话结束前说道。

可是打那之后，通古就变了，他开始躲着我。我一开始还没留心，直到事情发展到荒唐的地步——我远远望见他出现在走廊尽头，他就会换另一条路线。每当我试着找他说话，问他为什么跟我保持距离，他便佯装不解。"保持距离？"他重复道。这叫我心急如焚，因为论文选题遇到了困难，我太需要他的协助了。他再也不在课上侃侃而谈，而且身体渐渐地坏下去。老师打来电话，问我通古到底怎么了。我说我不清楚，近些日子我们疏远了彼此。不管怎么说，这都不关我事。他担心通古牵扯上了某些极端组织，例如"印尼伊斯兰国"（NII），他们常常将背井离乡的学生招募进去。我嗤了一声，说："这不可能。"

通古不是NII那类人，倒是更可能加入"靛蓝"——一群自然科学与数学学院学生办的组织，他们连续斋戒好几个星期以推迟世界末日。每次见面，他都一脸惨白，眼袋日益加深。后来有一次，经过我的不懈追问，经过他的漫长沉默和狐疑凝视，他终于松了口。果不其然，我发现他牙齿上有个黑色龋洞。这口牙如今黄得厉害。我当真生他的气了：论文亟须他的帮助。导师总是让我修改，而梅塔在妇女NGO（非政府组织，我没记住过那名字）做事忙不过来。

"到底怎么了，通古？"我问，"瞧瞧你这样子！"我正想提起论文，讲讲自己多么惦记他的进展，好让他觉得我的关心并非纯粹出于利己目的。可我猛然意识到：对于他的论文，我一无所知。

他看起来很累，昏昏欲睡。他笑出声来，声音却浸透了悲伤。他半扯起嘴角，玩笑说道："我想我需要一个很棒的吻。"然后——该死的——他开始哭了。

我有点反胃，便走开了，留他独自待在公园。回住处后，我致电杰米，把整件事告诉了他。杰米好一会儿都没出声，等他开口时，语气很是冰冷："也就是说，你回应不了他的感情，但也没有帮他顺利接受这件事？"

"这也要归我管吗？"我厉声道，"假如对方是个女孩，我可用不着做这些事儿！"

"这不是一回事。"杰米的嗓子紧紧绷着，"好好想想吧，男同很难找到榜样。这可是你自己的朋友啊！而他现在觉得自己是这世上最惨的人。"

"那我呢？"我吼了回去，"说得好像我就有榜样似的。

让我爸来接电话——哦，等等，这事你办不到。"

我挂断了电话。

我受够了这一切，睡了长长一觉，凌晨两点才醒。我拿起手机，搜索"爱情毁了那些伟大的心灵"，查看了部分结果。尽是些荒唐事——绝大多数是诗人，也有些科学家。我读了西尔维娅·普拉斯的维基百科条目，心想，这操蛋的世界，随后睡了。清早我被列车驶过的轰鸣声吵醒。我去了学校，和论文导师见了面。我在图书馆遇到一个同学，对方告诉我发生了一起学生卧轨自杀事件。我没再问下去，不知为何就明白了那人的身份——是通古。

听说通古的遗体当天就被空运回乡，回到他父母所在的棉兰。他们这么急着让他下葬，都没问过通古是否遭人抢劫、被人推下月台，很是令我惊讶。他们也没有质疑通古到底是不是自杀，异于一般的自杀案家属。我去了论文导师的办公室，谈了两个小时，结束后我买了一张飞往棉兰的机票。宅子高三层，空地足够停四辆车。一条拉布拉多冲着每位客人狂吠，直到侧门里走出一个男人，将它拖了进去。室内有个巨大的海水缸，装满了珊瑚和斑斓的鱼。通古显然得在当晚下葬——他母亲坚持这么做，因为儿子是穆斯林。

事态开始升温：通古父亲声称，通古想在身故之后举行基督教葬礼，证据是一张应为通古所写的字条；母亲则坚持己见，大肆挥舞反旗。通古是遭火车撞击而死，这一点无人置疑。

最后葬礼办了两次。通古白布裹身，遵循伊斯兰仪则，而他的墓碑却是十字架形状，碑上未刻铭文。我不辞而别，买了下一班飞往雅加达的机票。我在机场过夜，饥肠辘辘，吃下了两个麦当劳芝士汉堡。汉堡的滋味不知为何棒极了，比我以前在万鸦老、雅加达吃过的更好。面包坯不一样吗？还是肉不一样？我写了条备忘：回雅加达后，再买一个同款来验证味觉。

飞机上,我始终在考虑自己的论文,它犹如遭受枪决,行将死去。通古不在了,我应该怎么办?凌晨一点,我降落在苏加诺-哈达国际机场。我搭上一辆出租车,驶至三叶草广场,我叫司机下了高速公路,朝萨利纳商场开。下车后,我进了一家酒吧,里面挤满了金发老外——众所周知,他们这个种族里诞生过许多被爱摧毁的伟大心灵,而在我看来,印尼人既没空列那种清单,也没工夫成为那一种人。这儿有的是太多问题,太多头条新闻:强制驱逐;假疫苗。我喝了四瓶星星牌啤酒和三杯龙舌兰,坐在桌边哭到地老天荒,直到有个服务生过来考我,我国现任总统是谁。"哦,真棒。"他说。我回答正确。他帮我叫了辆出租车。我没脱掉鞋子就倒在床上,睡过了日出,直到日暮醒来。

这一回，我成了那个脱胎换骨的人，这我心里有数。我不再尝试撰写论文，成日盯着天花板，手机一连几天都关机。梅塔还在加里曼丹岛，她喊朋友过来看我。她得知了通古的事，挺担心我的情况。来者是个男生，所以我可以让他进屋，我们俩坐在地上聊天。"我还行，"我说，"不是很好，但还行。你回去吧。"可是他并没有离开。

"哭吧。"他命令道，说话方式使我想起梅塔。于是我埋首在他肩上，流下了眼泪。他搂着我很久，直到我不再哭泣，然后叫我去沐浴洗漱。他每天来三趟，给我送芭蕉叶包饭，梅塔已经都付过钱了。还来了一个人，是通古宿舍的保安。他拿来了四个装满教材和笔记的纸板箱，漠然道："他父母说他们不想要这些东西。"

过了一周——其间基本都在睡觉——我总算开始恢复精神。我又去上课，并把所有时间都花在读书上。如今他已离去，永不复还，我开始以别样的目光审视通古。梅塔给我寄了一本琼·迪迪翁的书，是她在丈夫死后写的。我感觉自己似乎就是迪迪翁，和通古结了婚。所有他和我一起读过的书，我都记得。我心想，哦，卡普钦斯基，要是你知道我的东古尔还活着他会写些什么就好了。我感觉空虚。我感觉自己仍亏欠于他。我感觉西尔维亚·普拉斯是地球上最敏锐的人。

我去了学校，和管理员争执了好久，终于找到了通古的论文标题——我无师自通地认出了它，正如那时认出他的死讯——对巴塔克巨人帕鲁里安的史料分析。

我联系上通古的论文导师，得知他尚未写完绪论。我对导师说，自己很想完成通古未竟的研究。导师也为通古十足奇异的论文主题所吸引，他同意了。我询问通古父母，他们告诉我，通古把家里所有的文献档案都拿到了雅加达。然而在他的那一大摞笔记本里，我找不到一页有关帕鲁里安的内容。也许他已经把它们扔掉了——他就这样带走故事，去往彼方。

梅塔结束研学，回到了雅加达。我问她，我们能不能先分开一段时间，至少等到我做好重启生活的准备。她久久端详我的脸，然后赞同道，这主意不错。

　　毫无线索，也毫无头绪，此后我便去往达巴奴里，从头开始调查帕鲁里安的传说。我四处找寻可能掌握巨人存在证据的人。哈里安波荷市场里的一个老太太说，她最熟悉的帕鲁里安隶属于一个贩毒集团，她的儿子就是因为他们才嗑多了差点儿死掉。"傻小子。"她边说边开怀大笑。如今她儿子正在学习护士课程。除此以外，我没查到一点儿有价值的东西。一个博物馆员工笑得停不下来。"这儿是博物馆，"他咯咯地笑着说，"要是对自学感兴趣，你去那种新开的赛托学校[1]啊。"我注定是枉费力气，他补充说，毕竟所有关于巴塔克人民的书面记录甚至早在荷兰人登陆

---

[1] 赛托·慕亚迪（Seto Mulyadi），印尼知名心理学家，创办了教育机构赛托学校（Kak Seto School）。

前就被抹除了——巴德里人横扫了达巴奴里,将一切夷为尘土。

之后,我在苏门答腊北部游荡了一年半,花光了我的"环游爪哇之旅"经费;为了省钱,每天只吃一顿饭,体重减了二十五公斤。后来,我意外在一个名为帕多努的小村子听到了帕鲁里安的故事。这个版本非常简短,来自一位正在编织乌洛斯布的老媪,人们唤她伯莎阿嬷。她讲的是一个小男孩的故事:男孩不断长高,每年都多长一个成年人那么高,终有一日长到山峰那么高,能与上帝对话。

那就是了。无关巴塔克战争,也无关传教士(尽管她的确表示这是荷据时代的事)。故事是她奶奶讲给她听的,而奶奶又是从奶奶的奶奶那儿听来的。伯莎阿嬷的故事信息量很少,也无从考证核实。我便知道,通古走后,自己再也写不完这篇论文了。

我在邦古鲁兰一家廉价旅馆里哭了好几个钟头,才回想起一切的开端——那份通讯报。我决定写下巨人帕鲁里安的故事。这不是历史,连野史都算不上,有点接近传说。所以,我不用竭力寻求可信的事实,只需遵循讲述者内心的真实。

就在这个房间,我从床头的便笺上撕下一页,将故事情节依次写在纸上,然后带走了这张纸。

(一)从前有一个男孩名叫帕鲁里安,他恐高,却比同龄人长得高大。一天天过去,他在旁人眼中越显可畏。

(二)有人说他是人魔混血,有人说他是人神之子,还有人说他是神魔后裔。人们坚信,他注定孤独终生。但他拥有一个朋友——一个瘦弱矮小的男孩。

(三)帕鲁里安天天和他一起玩。然而,帕鲁里安日益高大,对方却同常人一般。

(四)十岁的男孩爬上了村中最高的大树。站在树顶,他就能和帕鲁里安聊天了。

（五）下雨天，男孩爬树时会带上两片斑斓叶，好让帕鲁里安有东西挡雨。

（六）帕鲁里安长啊长，渐渐地，他能望见村落边缘的屋顶。他尝试同小鸟搭话，但彼此语言不通。帕鲁里安心想，自己注定会越来越孤独，一直孤独下去。

（七）然而，男孩为了能爬到帕鲁里安身上，一直小心维持瘦削的身材。他爬了一个小时，爬上了帕鲁里安肩头。这样两人就能说上话了，帕鲁里安不再觉得孤单。

（八）第二天，他爬了一个多小时，一路爬上了帕鲁里安的脑袋。帕鲁里安不再觉得孤单。

（九）一周以后，男孩花了三个小时才爬到帕鲁里安头顶。他们聊着天，帕鲁里安不再觉得孤单。

（十）一个月后，男孩爬了整整一天。他们相互交谈，帕鲁里安不再觉得孤单。

（十一）他们一直过着这样的日子，直到有一天，男孩年纪大了，再也爬不动了。他一辈子没结婚，所以也没有后代能替他完成这件事。再后来男孩死了，没有人告诉帕鲁里安这件事。男孩再也没有出现，帕鲁里安很孤单。

（十二）帕鲁里安万念俱灰，痛哭流涕，他的眼泪淹没了高山与深谷。

（十三）帕鲁里安越来越高，直到高耸入云。太阳的后面，是万千光辉环绕的上帝。"你再也不会孤身一人。"上帝说。在上帝的背后，那个瘦小的男孩正向外探看。上帝、帕鲁里安和他开始讲话，讲啊讲，一直讲下去。

而这一切都有可能——毕竟在这个故事里，欧洲的黑手还未沾染我们的土地。

三是爱你,四是憎你

　　他走进出租屋。从电视机前面能看到一个没有耶稣的十字架,悬在空荡荡的书架旁边。你真觉得他很快就会花钱买一件新的吗?说不定就是他把那个近乎全裸的男人从十字架上削了下来。若真如此,我猜他把那男人丢进了床底。你知道,他很讨厌扔东西,哪怕它们破旧不堪,已经发霉。如果要他说真话,那他肯定得承认,自己挺想报复那男人。记住,不管怎样,他都是一个受过教育的现代人。他读的那些书,作者的名字里布满变音符号。他能和父母拌嘴。他写诗来要求平等。最近他甚至鼓足了劲要当全职写手。他晚上做翻译的活儿，报酬很微薄。他坐夜间巴士的时候会哭；男朋友出去探亲，他就在房间里哭。他请不起牙医。不过有谁请得起呢？他转而以食油浸润棉球，然后将棉球点燃——哦，牙齿啊，求你纯净；牙齿啊，求你圣洁。快快治愈。与此同时，瞧一瞧床底，裸男在里面靠着饼干碎末和巧克力屑挨日子，都是从小卖部买来的便宜货。一到晚上，房间的主人开启空调，裸男就冻得不行。白地板变为荒芜苔原之上的冰层，而他在绝望中轻声呼喊，为什么自己没穿上毛皮大衣，非得光着身子待在这儿，再不济也得裹张厚毯啊。白天，跟父母拌嘴那人出门了，房间里闷热得喘不过气。这儿不是通风不好，是压根儿没有通风。像他这样的现代人总要住在现代居所里，不管得花上多少钱。当那便宜翻译晚上出去露营或者睡在父母家，男人兴许会躺在地上直流泪，纳闷儿这屋里怎么不多一个十字架，这样就会有另一个离开了十字架的男人和自己做伴了。此刻他在心中描画着自己的模样。此刻他想象自己的形体，慢慢动作，将手探入体内，揉捏一根肋骨，塑造全然相同的另一个自己。因为对方与自己完全相同，所以才能真正明白他。他太傻，没发现自己并非由麻烦的鲜红血肉和苍白肌骨构成，而是石灰岩材质，容易被偷，容易被回收。

中介：雅加达，2038

　　世界是一扇合上的门。它既是一面壁垒，又是一条通路。身处相邻囚室里的两名囚犯能够通过叩击墙面互相交流，这堵墙令他们隔离，却也令他们相通。我们与上帝的关系也是如此。每一道阻隔都是一种联结。

——西蒙娜·薇依

　　神父，我要讲的事与往常的视频告解不同。这是我过去在雅加达的经历——我们都记得,这是座被人遗忘的首都。从前我活得单调无味,在一家高档卡拉 OK 当记分员,这事儿我曾提过。好吧,准确些,该从更早的时候讲起,我还是个小孩,成天和鲁莽的弟弟打架。我朝他扔止咳糖浆的空罐,盼着他被打瞎。后来你猜怎么着:在我十三岁那年,有一个空罐撞上了他的左耳,致其半聋。神父,我真希望这就是自己犯下最深的罪啊,可悲的是并非如此。

彼时我只是个翻着废弃的杂志见识生活的女孩,没读过厚重的书,还没成为现在你认识的这个攻读技术哲学学位的女人——她正在为关于人脑记忆回溯涉及的居间现象论文收尾润色。以前的我绝不会仅仅因为"想听神父的布道"而参加天主教弥撒。话虽这么说,好好打量她的脸,就会看到日后的我:同一副用安特固胶水黏合的眼镜,同一个长着晒斑的鼻子。

早上七点,新的一天开始。弟弟会用摩托车载我到克兰吉车站。我每天随身携带湿巾、防皮肤癌的乳霜、薄荷味润喉糖。在我脖子上挂着一个金属姓名牌，万一哪天晚上回家时被人捅了，他们可以由此辨认尸体的身份。我和大家一样，时刻不停地擦掉脸上的汗；也和大家一样，从不和陌生人搭腔。我就是这么一个平凡的女孩。我在苏迪曼站下车，然后走过去上班。

走到 H.I. 广场的环岛路口处，我会驻足片刻，仰望那对青年男女，女士手中捧着花束。他们一直望着我们，一直在上空窥视。

父亲告诉过我，这座雕像曾被称作"欢迎碑"。他的相册里有一张雕像的面部特写。父亲年轻时当过报社的摄影师，他用无人机拍下了这张照片。当然，这都是自动摄像无人机问世之前的事了，后来父亲因这一发明而失业。十二年前迁都时，我十三岁，我和弟弟会带着一本老式的电子相册在街坊邻里间溜达，相册里保存着父亲最为自豪的照片。我们翻开相册，孩子们围拢过来，迷醉于雅加达的辉煌往昔；布吉杜里村的洪灾，群众聚到国家纪念塔前集体祷告；国内首次骄傲游行，如今已故的姨妈和她的女友满脸喜悦……[1]

"一路顺风碑"。这名字最开始是个玩笑，出自某网友对迁都的滑稽评论。不过它很快就火了起来，当总统在年末报告里提及该词，它就成了正式用语。

你出生在帕朗卡拉亚，对吗，神父？你在神职人员里算是很年轻的。而我生来就在流浪。我猜，你纳闷儿这尊女性雕像是不是身处上流社会，毕竟她拿着花。

一点儿也不。鲜花在过去并不是奢侈品——至少我父亲是这么说的。以前，用鲜花来迎接爱人是很平常的事。想想看吧。

如今这座纪念碑有了新名字，我们可以想象一个崭新

---

[1] 现实中，印尼政府的确计划 2024 年将首都迁往努桑塔拉（Nusantara）。新首都位于加里曼丹岛东部。帕朗卡拉亚位于加里曼丹岛中部，曾是新都候选地之一。

的情境：鲜花是爱人送给这女子的离别礼，她即将去往帕朗卡拉亚，在那里的泰国餐馆就职。

又或者，她只是在机场方向的高速路边拾到了这束花。如果你时刻留心，你可以在街上找到任何东西。《圣经》不就是这么说的吗，神父？《旧约》里说过，我很确信。

我和记分员同事在那栋四层高的建筑里没日没夜地干活，等待着好运从天而降。我们的生活多么乏味，一眼望得到头，以至于有时干脆认了栽，就这么混着日子。大学生会在工作日（一般是周三）来欢唱。官二代们厌倦了学业，只点播热歌排行上的曲子——切，切，切！——从不唱完整首歌，放完副歌就换下一首。他们都是四五个人一起来，特别能吵，所以我们总把他们安排到最里面的包间。

周五晚上，加苏街的商人会带着客户过来。客户多为印度人和中国人，偶尔会出现白人。商人会要整打的瓶装啤酒、整桶炸鸡翅。我们收到吩咐：给客户们打高分，并在最后半小时里闭嘴，如此一来他们就能把生意谈妥。

有钱阔太太呢？她们周三中午来，身后跟着机器人管家；当然要VVIP（超级贵宾）包间，以及午餐菜单、大麻可乐、冰荔枝茶、木薯片配叁巴酱。

然后是白人游客，也许还有学者，在那儿怔怔地望着沉落的老城废墟。他们要听装星星啤酒、蒜香花生、虾片。你明白的，白人喜欢的东西。

最后是我们自己。老板回去得早，到了深夜，我们点播慢歌、老歌，点那些从来没人点的歌——我们去唱，让它们在曲库里轮转，才不会被删掉。

这地方大名叫作"乐盈听"，可几乎人人都叫它"侧耳听"，因为前台的招牌上印着一行蓝字——"我们为您侧耳聆听"。颜色是定制的，融合了天蓝、电光蓝和马约尔蓝。看着这个招牌，你会发现自己被神秘的沉静氛围所摄，而这正是色调设计的效果。调色师是一位毕业于帕森斯设计学院的顶尖色彩学家,此人曾花费数周调研本市居民的心理特质。

我们同其他那些应用了新奇的机器人员工和最新打分技术（Pitchfork[1]2037年度最佳K歌软件！梦露·坎农[2]臻选歌单！）的高端卡拉OK不一样。我们的卖点恒久且直白：向这里的真人记分员展现你的歌喉！真人打分,附送反馈和机灵话："选曲不错！""嗓音丝滑如黄油,但你得稳住调子！""这是谁在唱？老天,你听着活脱脱就是早年的玛丽亚·凯莉！"

没有5DX系统。没有内置全息对话。

没有花哨的多语种语音识别功能（以吸引自命不凡的学生去逗弄它）："我要点艾西娅[3]的《你是我最想要的开斋

---

1 Pitchfork：美国专业乐评网站,1995年创立。
2 梦露·坎农：美国歌手、演员玛丽亚·凯莉（1970— ）之女。
3 歌手名字戏仿知名美国女歌手艾丽娅（Aaliyah,1979—2001）。

节礼物》[1]！"

只有我们。

我们在顶楼的一个正方形房间里工作，六排六列依次坐好。神父，假如你经过那里，停步望去（当然是在你下班的时候），你会看见一堆二十出头的年轻人，白色工作衫被浊水洗得发黄显旧。我们大多数人都是雅茂德丹勿土著，在城郊土生土长，学历最高也就是高中，穷得没法儿升学；夜用睫毛膏和眼影晕妆染黑了眼袋，仿佛烧焦的鸡皮。

假设你好奇地问了，我们之中的有些人可能会立马作答：我的梦想是搬到帕朗卡拉亚。也许在街边唱上几个月，找个经纪人。在那种电视同步直播的大咖婚礼上唱歌，被

---

[1] 歌名戏仿玛丽亚·凯莉的名曲《你是我最想要的圣诞礼物》(*All I want for Christmas is you*)。

人发掘。发布自己的首支爆火单曲。可你猜怎么着,在获得去往首都的单程票前,我们先捡起了这地方的传单。我们对每个问题都急切地点头作答——你热爱音乐吗?是!你想进入这个行业?当然啊!以及经典之问:你是否准备好做出改变?

废话,当然。

神父,可问题是我弟弟也发现了这张传单,周日拿给我看。那时我已经在侧耳听上了几天班,只是没跟他说。"姐,我想在这儿工作。"他说。

我沉默地坐着,盯着他塞给我的传单。我很明白他这话的意思。他想在那里就职,是因为他怀念我们的父亲。

父亲下岗后干过五花八门的零工,洗过车,进芝卡朗的纺织厂打过工,在门腾[1]打理富豪的花园,好为作家提供

---

[1] 门腾(Menteng):雅加达中心的一个街区,为传统富豪名门聚居地。

素材，后者想写一部关于摄影师的历史小说。他很久都没有工作，就在家里待着，听听音乐消磨时间。我和弟弟搬出去住，自己养活自己。我就在附近的发廊做些杂活儿赚钱。父亲喜欢的歌，我们俩都听不下去。

然而几年后，父亲自杀，我和弟弟又回了家。我们归于原位，听着父亲深爱的音乐。

试着想象一下：我倚在塑料编织垫上，读着一本旧杂志——父亲留下的旧杂志堆积成山。书页在我面前翻飞，如同富人的无重力电视机。弟弟在沙发上蜷起身子，翻阅父亲的旧相册。我的眼睛里时不时会飘进东西——灰尘什么的——视野随之模糊。

我向弟弟转过身。"怎么回事？"我轻笑道，"你眼睛里有没有进灰尘？"

"啥？"他蒙蒙的，脸上布满泪水。

在我加入侧耳听之前，很多朋友已经离开了这里，到加里曼丹岛的棕榈油厂找工作。我弟弟不愿搬家，除了留恋这座父亲挚爱的城市，还有另一个理由。他的朋友告诉我，弟弟爱上了一个附近的建筑工——那男孩名叫本，来自唐格朗。"你弟弟全都计划好了，"朋友笑道，"他们要养一个机器人女儿，给她取名星儿。"这是朋友临走时告诉我的，然后他就去了加里曼丹岛打工，和我失去了联络。

弟弟给我看了传单，我轻声道："我已经在那儿上班了。交给我吧，我去问问老板。"

他似乎惊呆了。说实话，我还以为他肯定看见了那个装着工作文档的文件夹，我故意把它搁在亡母的梳妆台上。

"啥？你什么时候去的？"他问。

"刚去没多久。"然后我声音大了点，"我先去问问，会跟你说的。"

他张嘴想说点什么，又把话咽了回去。

还记得我说过小时候的事吗？我弟弟有一边耳朵听不见。

如我所言,他性子急,所以我才给了最稳妥的答复。之前有一次,他几个星期没跟我讲话,因为我不让他打电话给本地的巴塔克新教牧师,请对方为父亲操办葬礼。相反,我办了一个世俗葬礼。对此我们无可奈何,父亲从没缴纳过教会的年费。我坚持说,教会不会帮助我们家的。虽然我们也是巴塔克人,但对教会来说,我们并非基督徒。

我弟弟开始每周去做礼拜以示抗议。

告解:我从没向老板提过弟弟的事,不光如此,我还撒谎拖延时间。

"他要和老婆离婚,"后面一个星期,当弟弟问起,我就这么说,"现在不是好时机,他一直心情很糟。"随后是"他孩子抑郁了,因为父母离异这事"以及"他侄女感染了登革出血热,去世了"。

最后这次,弟弟发了飙,指控我说谎:"现在的登革出血热不会致死。"

"哎呀,"我说,"应该是艾滋病。"

"得了艾滋病也不会死。"

"哦。"

我继续撒谎:"老板说他不招聋人。"

弟弟澄清了他的身体状况。

"行吧,"我修正了刚才的表述,"半聋人他也不要。"

我建议他先找份别的工作,比如说去附近的工厂做工。"攒点钱,好好治治耳朵。然后再去侧耳听上班。"老实说,时至今日,我仍不明白自己为什么就是不愿意告诉老板。这究竟又能有什么坏处呢?

然后我弟弟就开始大吼大叫,谩骂起来。他拿起桌上的止咳糖浆空罐往外扔。

我闪身躲开,罐头砸在背后的墙上。

"你疯了吗?差点把我打瞎!"

他转过脸去,左耳冲着我。

"要是我双耳健全,"他恨恨地说,"我打赌自己早当上公务员了。"

我实在记不起自己小时候为什么要朝弟弟扔罐子。事情过去了太久。不过，他还记得。"因为你怨我弄丢了爸爸的相册。"他喊道，已不知是第几次试图劝我去说通老板。他归咎于我，令我备感受辱。

尽管传单做出了那样的承诺，但在我们侧耳听员工身上没有发生任何改变，不管是在音乐界还是其他领域。卡拉OK老板为人工打分软件注册了专利，许可证完全归她自己所有。这倒不太重要——美拉瓦和帕梅拉的一些低端卡拉OK装了非法的盗版系统，可她似乎并不在意。

我们时刻守在显示屏前，轮流打分，一直工作到凌晨，然后搭摩的到苏迪曼车站。我们在列车车厢里打瞌睡，毫不关心沿途的风景。都市的繁华余影已被抛在身后。出城这一路，光景越发寥落。倘若这是《圣经》里的故事，神父,接下去的情节就相当于我弟弟突袭智慧树、取食树上果:一天,他跟着我去上班。

那日一如往常。卡拉 OK 里挤满了大学生。我的心情很糟,早上下了大雨,球鞋都浸湿了。有个接待员走进门,杵了杵我:"嘿,林,外头有人找你,说是你弟弟。他在跟老板说话。"

我离开工位,跑到接待处。那果然是我弟弟,他穿着长裤和褪色的有领蓝衬衫。早先送我到车站的时候,他身上还是穿惯的破旧 T 恤和短裤。他和老板聊得起劲儿,而我猛然间变得万分敏锐:他的肤色那么黑,脸上布满疙瘩,而牙齿又是那么蜡黄。

从老板的表情看得出来,他有些恼,但要怠慢我弟弟又过意不去。我走上前,他拍拍我的手臂。"林,处理好这事儿。"他冷冷地说。"顺便去配一副新眼镜吧。"临走前,他补充道。

我试图送他到门口，可弟弟不肯挪步。

"如果你不收手，他们会报警的。"我语带愠意，还有一丝难以掩饰的恐慌。"你丢了我的脸。"我威胁他。

最终我只得把他拖出门外。我们大吵了一架。

还有一个告解：我取笑了他，神父。我说我知道，他之所以想在那里工作，纯粹是出于对死去的父亲的无用怀念。我宣布，世上没有天堂，没有上帝，没有地狱。如今也没有了爸爸。"就连他的坟也会很快被淹没的，"我叫道，"反正一直在照顾你的人是我，不是他！"

那瞬间，他看起来要崩溃了。他转身朝车站方向走去。我远远地跟在后面。

走到进站口，他回头望着我，已经泪流满面。

"别那么说，"他抽噎道，"收回那句话。"

"爱哭鬼。"我嗤笑。

"你没跟他提过我。"他骂道，"你老板说的，你从没告诉过他。"

然后他消失在车站里。

此后，我几乎再见不到弟弟。

我从邻居那里听说，弟弟活跃于本地教会支部的青年团。有一次我去参加礼拜，看到他正在募集捐款。趁他还没走到我这排位置，我先溜了。

我得说一句，在卡拉OK的工作经历实在很不愉快。说穿了，有钱人从不清楚自己要的是什么，哪怕到了抉择的关头，所以他们才老是觉得自己遭到了误解。一般人不会拥有他们那样的条件，因此也无法与他们共情。

过了几个月，我听闻弟弟要搬到帕朗卡拉亚。教会决定在那里兴建一座教堂，预算足够聘请专人来运营、维护。那人就是我弟弟。

我连机场送行都没去。

他走之后，寄来了各式各样的信件和包裹：印花桌布、运动鞋、中国进口的草药、装满帕朗卡拉亚写真的相册。那些照片，我会一张一张研究。飞行汽车绕着摩天大厦盘旋。超市里的机器人在接待客人。有张偷拍照：女人对着她的宝宝呢喃；宝宝正在笑，露出了小小的橡胶舌头。

嘿，小可爱。你的名字是星儿吗？

这些信件、这些包裹都不是寄给我的。亲爱的爸爸……弟弟写道。

嘿，爹

嗨，爸

我最亲爱的父亲

给老爹

老爸

……爸？

他从不提起我，也没问过我，寄件地址甚至填的是帕朗卡拉亚中央邮局,让我没法给他回信。我灵光一闪,可以伪装父亲的口吻:嘿,儿子,其实我一直是假死。又或者,你猜怎么着?科学家把我的意识存储起来了。但转念一想,我对自己说:林,别开玩笑了。反正他估计再过几个月就回来了。

弟弟描述了他在帕朗卡拉亚为教会干的杂务——包办两位牧师吩咐的大小事务。他在礼拜间隙打扫教堂,偶尔募集捐款,研读《圣经》,给理事会做会议纪要。他甚至在圣诞弥撒上分发蜡烛,但只是因为人家缺人手。他忘了带走我们的照片。"我常常听音乐,爸,"他写道,"这是唯一能让我记得你的脸的办法。"

没过两年,信件和包裹不再寄来了。

又过了一年。我最终决定去找他,辞去了工作——那份让我们俩产生龃龉的工作。神父,你也知道,要进到这城里来绝非易事,必须有人给你担保,保证你不会在街上添乱。修筑又高又厚的护城墙,并不是为了保护城内居民,而是为了隔离。试着敲敲这面墙,听不见墙对面的一点儿动静。神父,去告诉你的好朋友薇依:当一面墙厚得过分,它就再也不是一种交流的媒介。

我很幸运,发现了一些帕朗卡拉亚的廉价房源,找到了落脚处——一间远郊小公寓。房东是个年轻的混血女子。"我妈在这豢养她最喜欢的宠夫。"她说道,真人比证件照还要漂亮。她把房子租给我,是因为她发现我曾在卡拉OK工作,而那家店的老板正是她已故的母亲。"我妈年轻时经常帮音乐人作词。"她告诉我。我们经过一张照片,照片上有一位蓝种女人,旁边是个年轻男子。那就是她,我心想。"最后她决定做卡拉OK生意,不过换了个玩法。"你指人工打分吗?我心想。不过,飞机失事导致家人全部遇难的感受如何?当然我从没开口问过她。人有时会因祸得福。她把她母亲的宠夫珍藏的护肤品都送给我,起初我还心怀疑虑，但接下去的五个星期成了我这辈子状态最美的时候，皮肤在阳光下熠熠生辉。我的皮肤总算能够不惧光照的摧残。

　　神父，后来的事，有些你已经知道了：我辗转于不同的教堂，轮流参加礼拜。我到这儿来得最勤，哪怕压根儿没可能找到我那新教徒弟弟。不过，我喜欢听你布道。告解：我从没指望奇迹发生，可仍盼望着找到他。我始终耐心地坐在后排（毕竟负担不起前排座），笨拙地遵循弥撒流程。就在这时，有个奔三的男子手持募捐器，穿行于一排排座位之间，信众刷卡捐出自己的一点贫瘠，然后把募捐器依次传下去。

　　然后，这奔三的男人会走到我身边，募捐器就凑到我眼皮底下——呈金属白，上面的蓝线让我想起侧耳听——线条既给人以舒心之感，也隐含一丝不安。上帝啊，我是不是已为您献出一切？知道我有多么爱您吗？目睹那抹色彩，我的脑海里定会蹦出这些问题。这就是它的秘诀。

我想象着：抬起头，愕然望见那张停在自己身边的面孔，比记忆中的它更加明亮。灰尘和脏自来水已经从他的日常生活里退场，他的皮肤让我想起自己初来此地那几周的好状态。

我在心里排练的情形："[他的小名]，是你吗？真的是你，[他的大名（嗯，我知道这样有点夸张）]？？"

我实际上：……

我在准备学位论文时读了一篇文章，它说很快就会出现一种技术，能够永久性抹除所有糟糕的回忆。永久！挺有趣的，不是吗？这话难道不振奋人心吗？我已经试过抹除回忆，可它们仍然接连涌现。回忆由蛋白质构成，而蛋白质永存。

神父，无论我身在城市何处，在这片闪烁着人造星星、壅塞着飞行汽车的繁华天穹下，在此地独享的流光溢彩中，总是不禁觉得，他们正在看着我——那座城里的囚民，还有"一路顺风碑"那俩雕像。每日每夜，每时每分。与此同时，弟弟那消瘦的背影永远正在进入车站。他越走越远，身影却未曾缩小，而他也从未隐入站口。他是不是在原地踏步？他看着像是一张旧照片，身穿褪色蓝衬衫。他令我想起我爸爸。

你问我吗，神父？我不会令别人想起什么人。

告诉我，怎样留住一个注定要走的人？

唯有自己抢先转身离去。

而我肯定，他们都期待我会追上前去——认真迈步去追。

这是我最深的罪。

褐深似墨

他转过身,直直地望着我。

我们正在回他家的路上。

假如这是在两三年前的午后,满脸的惊惶早已将我出卖;我要么躲到最近的一棵树背后,要么落荒而逃。但我现在基本战胜了恐惧——有时连噩梦也不害怕——保持镇定,接着往前走,都用不着慢下步子整理棒球帽。我神色自若,看似全不在意他这个人、他正凝视着我这件事。漠不关心是最完美的伪装。想想吧,为什么人人皆尊敬教皇?

他继续走，步伐越发轻缓，我由此推断，他打消了我跟踪他的怀疑。

今天他家里只有他一个人。我的意思是，当然不包括管家——她叫什么来着？瓦蒂？塔蒂？她很粗心，几乎次次忘关浴室水龙头，还忘锁后门，我第一次就是这么溜进去的。所以我才懒得把她算上。

他爸不在家。这男人每周二晚上都待在办公室——这是我从他发给儿子的短信里知道的。可我晓得，其实他是在地下女友那里过夜——这是我从他电脑里的往来邮件、悲戚诗篇里知道的。他爸没有不忠。他妈妈五年前逝世——我读过他的几篇日记，自那以后，他爸始终竭力保护儿子，让他过着原本的生活。可据我所见，儿子其实知情。一想到要多个继母，他就很心烦。

我想，他不记得我。重逢的第一面，他压根儿没认出我。而我却无数次夜半惊醒，满身大汗，只因梦回往昔：

那时我们为了逃体育课会装病，他经常带着他最爱的那种巧克力，和我分着吃掉一整块，悄悄说："别告诉妮塔老师行吗？"天主学校不让我们带糖和零食上学。我留意到他的瞳色，深褐，近乎墨黑。距今已过去十年，他一点儿变化都没有，甚至没再长高一厘米。怎么会这样？他不再钟爱巧克力和薯片，我还从他的冰箱里发现了端倪：里面塞满了蔬菜、蜜瓜、蜂蜜、苹果、木瓜、好几种鱼，没别的了。

我打赌，他决意戒掉巧克力和零食。他房间里有一本达莫斯癌症医院的日历。我打赌，他妈正是死于癌症，而医生表示罪魁祸首是饮食。我打赌，母亲的死使他改变，而这一改变也许令他彻底遗忘了我。他母亲看起来一直都很幸福、很健康，老实说，我很讶异，她竟会死在我妈前头。我妈应该还活得好好的，鬼知道她在什么地方。哪怕是多年之后的现今，我依旧很想见见他母亲年轻时的模样——远在我们实际相识之前，她的第一次婚礼现场；又或是她第一次带儿子去动物园参观那头知名的狮子，以及第二次、第三次；乃至她剃光头发、形容枯槁的弥留之际。但他父亲屋里的橱柜一直锁着，而我也没有勇气到客房书架上翻找相册，那样就得开灯了。

我在黑夜里做事，就像蘑菇——生长无须光照。

他似乎过得比从前快乐，住在更大的房子里，现在甚至多了个爸——也许他妈觉得，家里还是得安排个父亲的角色，所以她在那起事件后再婚了。而且，他还把名字改成了保罗。以前他叫彼得。

我不明白他为什么改名。我们的遭遇诚然可怕，可他真有必要做得这么过激吗？我是说，他都已经搬了家，几年来杳无踪影，还有必要走极端逃避成长吗？我从来都不是温蒂，既然他也不再叫作彼得，我确信他已放弃了做彼得潘的权利。他应该长大，忘掉永无岛的一切。

名字有这么多，为什么是保罗？要让我说，这整件事只是证明一个道理：人永远无法掩埋自己的过去，更别说篡改它了。他们家显然就是他曾经无数次对我描述过的样子——那种只有在圣诞节和复活节才会去教堂的巴塔克家庭。他们不清楚十二门徒的名单；参加启应唱颂[1]时，疯狂翻着《圣经》，找寻正确的经文，沮丧地想：《以西结书》真的在《旧约》里？我发誓这篇是《新约》里的，听着就很新约。比方说：他爸显然不懂，除非他儿子生下来叫扫罗，才能改名为保罗。[2]一个叫彼得的人不能改名！鸡叫两遍以前，他只能不认自己三次。[3]

今晚，我用备用钥匙打开后门进了屋。这把是从钥匙串上取下来的，主钥匙还在。我把白麻袋搁在冰箱旁，袋里装着几个面包、一瓶水，还有钳子、螺丝刀之类的

---

1 启应唱颂：天主教、基督新教的一种礼拜仪式。诗班唱出经文后，会众齐声回应。
2 《圣经》典故，使徒保罗原名扫罗，皈依耶稣后更名为保罗。
3 耶稣被捕前曾预言，鸡叫两遍前，使徒彼得会三次不认主。耶稣被捕后果真应验。

工具。

车库里没有他爸爸的车。屋里伸手不见五指，而他爸的房间像座灯塔，渗出光亮。我探向房门，缓缓转动门把手。里面没人。抬头朝二楼望去，那里一片晦暗。我登上楼梯来到他的房间，然后就看到了他，一道横陈于黑暗之中的静止身影。

我们的重逢——这一切的起点——发生于公交场所。那时他刚放学，身穿学校制服——白色有领上衣和蓝色短裤。他乘上小巴，就坐在我对面。我惊呆了，不敢相信，盯着他看。他忙着跟朋友聊天。我们俩的膝盖有好几次轻轻相撞。我尽力控制住自己，开始打量他。他一个人在路边下了车，我知道附近有座教堂，心立刻提了起来；而他一直走，走过了教堂，我如释重负。约莫过了二十米，我喊停司机，然后下车尾随他。

一进到他的房间，我就获知了他的新名字——当然了，教科书扉页上就写着——并在脸书上搜了他。如今他在一所天主教中学上八年级，巧的是我去过这学校好几次！（我从没筛查过那儿，因为我估算他现在已经读大学了，甚至可能在上班。）资料页图片是他在一个图书馆样子的地方的自拍。他微笑着。点赞列表里全是书——他以前从来不读书！——查尔斯·狄更斯、詹姆斯·马修·巴利[1]、汉斯·克里斯蒂安·安徒生、马克·吐温、J. K. 罗琳、哈珀·李。

他发过一条动态："世上最悲哀的事是知道自己写不了诗。"

真的假的？要让我说，最悲哀的难道不是写出烂诗吗？我要给他父亲几条写诗建议：别太沉迷押韵，这样行文反而不自然。把自白诗放下吧。爱不会死，只会垂败，懂吗？我很明白自己不是为了修补他爸的文学生涯而来，

---

[1] 詹姆斯·马修·巴利（James Matthew Barrie，1860—1937）：苏格兰著名文学家，创作了《彼得·潘》。

后者已经没救了，徒劳挣扎而已。

我来，是为了让他想起我——至少我的出发点是这样。

所以我带过松饼给他，所以我一直等到日出。我的逻辑是：他以前很喜欢松饼。我把松饼加热，淋上自己带来的巧克力酱，再撒上巧克力屑。他肯定一尝就会想起我。一切都会复原。毕竟抛开情感因素，记忆的实质不过是一堆蛋白质。他终将回想起我，还有克拉拉、波妮塔、塞缪尔他们。他会想起他第一次问我能不能牵手，而我点了头；从那以后，我们就趁没人注意的时候牵一下手。他还会想起那个烦人的小孩——乔纳森。也许还有安东尼神父。哦，神父，安[1]……

我凝视着眼前熟睡的人影，轻声自言自语："安东尼……"

---

[1] 安东尼（Antoni）的第一个音节 Ant，意为"蚂蚁"。

某种温暖的物质涌出眼睛,淌过我的脸颊。

安东尼……

我擦了擦眼睛,靠得更近了些。这名字多神奇啊!停在头一个音节,就是个昆虫;完整讲出,为之注入力量——眨眼间他就蹿了起来,宛如巨人一般宏伟。

我抚过他的发,反复立下誓言:从今往后,我会一直守候着你。我亲亲他的额头,走出了房间,然后下楼。

他的日记里一次也没提过松饼。我打赌是被瓦蒂抢了先,她眼都不眨就啃了起来。不过,现在这都不重要了。上个星期,那晚他从朋友家回来,正被两个骑着摩托车的伙计打劫。他吓坏了,呆呆站在原地,仿佛一棵将倾的树。我立即反应过来这是怎么回事,朝着他们冲过去。"快跑!"我厉声叫道,然后他照做了。随后眼前一片漆黑,我失去了意识。等我恢复意识清醒过来,我已经躺在室内沙发上,身边围着好多人。有个老婆婆哭得情难自禁——她的两个孩子确实是混混儿,自己不学好,她哭号道,可也不该被打成那个样子。

打成什么样？

老婆婆说，其中一人的眼睛伤势极重。

最后他们把我放走了。老婆婆没说一句话，也没威胁我什么——她的儿子们干了不少坏事，很多人都心存愤懑。他们叫街道负责人过来，开摩托车送我回家，我告诉他地址。他说，我该去精神科看病，配点药吃。"你会伤到很多人，"他临走前说，"包括你爱的人。"

伤到别人？伤害谁？关于伤人和受伤，你又懂些什么？

透过厨房的窗户，我能望见空旷的街。穿过车库，外面是一条通往屋顶的密道。

我知道我永不会伤害他。我很确定。我从来没有伤害过什么人。贝妮、诺曼、吉米、费克里、哈迪曼——我从没伤害过他们，一旦我发现他们并不是你，就不再尾随他们了。我跟安东尼神父不一样，他对所有进教堂的孩子都很亲切，总是来拜访我们，因为他说他担心我们这些没有爸爸的孩子。在我妈面前，在所有妈妈面前，他都表现得无比圣洁。然而，最终我们每个人都会被他带进黑屋子，跟他单独相处。我才不是安东尼神父，记住这点，哪怕我爸给我取名犹大。但可不是那个加略人[1]，而是《犹大书》的作者："你们却要在至圣的真道上造就自己，在圣灵里祷告。"[2]

我是那个保护他免受世上叛徒伤害的犹大。我是那个夜里背着粮食爬上他家屋顶的犹大。我不需要光照生长；我从上方守候着他，一如上帝；我也不需要光线让自己看起来像上帝；我可以通过窥洞看着他，这个洞是我趁他们仨去 Klender 探望姑妈的时候钻的。他有没有察觉到我的存在、有没有想起我，都已经不重要了。我最在乎的是他

---

[1] 加略人犹大是出卖耶稣的叛徒，原为耶稣十二门徒之一。
[2] 教会传统认为，《犹大书》的作者为耶稣的生身弟兄犹大。

的安全。

灯亮了。

"你……你……你是谁？"

我转过身。又一次，他站在我面前，纹丝不动，濒临崩溃。他看起来既迷惘又惊恐。他抄起桌上的花瓶冲向我。我本能地躲开了挥舞的手臂，花朵和水飞出一道弧线。我把他推到一边，他撞到墙上，瘫软倒地。我等待着。他没能站起来，昏了过去。

我僵住了，后背直发凉。我伤害了你。

然而，当下我们是如此亲近。他躺在那儿，等待我的亲吻，如同一位沉睡的公主。若我将嘴唇印在他的唇上，他会不会苏醒——像青蛙王子似的——变回彼得，变回从前的他？他会不会想起我是谁？我跪在他身旁，摩挲他的脸，小心翼翼地描摹着眉毛的曲线。我给他轻柔的吻。

我在等……

他一动不动。希望泯灭了。我以无助的手指梳理他的发。我牵起他的手,就像小时候那样。然后,他慢慢睁开眼。我说不出话。

现在我看清了,他深褐色的瞳孔——近乎黑,但未至于黑。

就在刹那之间,他变成了另一个人。

"保……保罗?"声音磕磕绊绊。

我转过身。瓦蒂(还是塔蒂?)站在屋子那端的墙角。"救……救命……"她吓傻了,讲话结巴,随后尖叫出声。

我慌慌张张地站起来,从屋里跑了出去,逃出了宅子。我脑中一片空白,什么也感觉不到,连一丝失落也没有。他不是他,或者说得再准确一点,他不是你。这时候我得去找你了。我一定会找到你,等着我。

欢迎来到无回应祈祷部

欢迎来到无回应祈祷部！这是你的身份识别章。下班回家时，把徽章放进包里，然后把包留在车上。我是说，别把它扔进抽屉，或者随便往房间哪个旮旯一丢。别担心，没人要偷。明天上班的时候别忘了带上它，你得靠它来过安检、进大门，靠它在我们部门、分部、信件仓库和档案室通行。时不时会有人忘了戴徽章，只好回家去拿，真是既浪费时间又浪费钱。记住，每次迟到都会扣减相应的薪水。迟到1分钟，年终积分总额就扣0.33分。别把事情弄得太糟，不然四年一次的假期都享受不了——哪怕只是差了1分，那也还是差这1分啊！

　　这儿是你的工位，旁边是拉埃尔。她兑换了积分，已经在休假了。去哪儿？她当然是先去探望孩子，再去别的地方。跟你说一声，别让她听见你在办公室开性别歧视玩笑，她会狠狠收拾你的。虽说是天堂，这儿可没有秀色可餐的仙女。你青春期时堆满房间的那些低俗漫画纯属瞎编。（哈哈，没错，我看了你的资料！）举个例子吧，上次波比和洛基说了几句有关隔壁部门的伊娃的下流话，拉埃尔——她本来在饮水机前接水——走到他们那里，把杯子重重地掼在波比工位上。凉水泼了一地！然后她开始用一种地球语言教训他。哦，差点忘了！关于我们现在说的这种话，你发现我们说的不是英语了吧？有时候说得太熟练了，你会忘记自己在使用什么语言。实际上，我们说的是本地话。这是地球上的说法，对吧？这就是使徒们的感受呢！

你们分部的主管是艾哈迈德，就是角落隔间里那个。他这个人很严肃，你还会发现，他手下也都不是插科打诨的人。所以，如果你想找个聊聊泰勒·斯威夫特、互发滑稽猫猫表情包的朋友，我建议你还是找个借口去卫生间自说自话吧。卫生间不差，清洁工每天来打扫两次！说到你的档案，我得说，真挺有意思的。兰斯顿的书迷，泰勒的歌迷……你上辈子都在干啥啊？

噢，对，把你的袖口捋直。进来的时候艾哈迈德不在，你真走运。记着：艾哈迈德每天会消失两到三次，一般在中午十二点和下午四点，他去祷告。其实这根本没用——毕竟我们都已经上天堂了——不过我猜积习难改。就说我吧，我永远都戒不了方便面。艾哈迈德不在，也别想着溜号，这真的会惹毛他的。不过，如果你非要出去不可，跟凯拉说一声，她是科室秘书——喏，艾哈迈德旁边那个隔间。不知道她去哪儿了，可能在卫生间里，为自己如今的生活哭泣。她是办公室里的爱哭鬼之一。你呢,嗯……你看上去不爱哭,但人未必表里如一,对吧?别像他们一样。噢,说到外出申请,很可能不会通过,除非是生死攸关的要紧事——对我们而言,死亡已经不算事儿了,对吗?哈哈。反正,理解万岁嘛。这儿人人都忙坏了,忙得不行。

哪怕凯拉回绝了你的申请,也别甩脸色给她看。就是说,你要是想去地球上看看家人,得经常和她打交道;想兑现你的奖金,也得和她谈谈,由她去跟艾哈迈德交涉。强烈不建议你跟科室主管直接交流,午餐时分、同事聚会的寒暄除外。

那边角落隔间里的瘦高个儿是塞缪尔,另一个科室的主管。他在这儿待了有一段时间了。事实上,自1929年改革以来,他一直在本部门工作。他原是亚美尼亚人,据说是在徒步穿越沙漠时脱水身亡,不过没人敢打包票。我们向来对历史没太大兴趣,而他本人也不置可否,哪怕你盘问他,甚至灌醉他。所以,我们给他起了绰号——"神秘先生"。以前,他的一群下属——包括莉娜和莫妮卡——下班后带他出去喝酒。他们试图对他进行精神分析,当时塞缪尔喝得半醉,他大发雷霆:"离我远点,你们这群疯子!我才不是小白鼠!"懂了吗?他这人可精明了。倒霉的是,克拉拉和人事部全员都在同一间酒吧喝酒!天堂怎么看都是个弹丸之地。莉娜和莫妮卡因"违反员工行为规范之隐私条例"而被立即调任至梦想部。不管怎么说,他们这种爱操闲心的人也许更适合去那儿。

这是你们科室的复印机。说实话,它基本派不上用场,因为你要用到的花名册都是"电子格式"(姑且这么叫吧)的。不要去动其他科室的复印机,那会引起冲突,而掌权者管理冲突的首要原则就是将冲突清零。

抱歉,你说什么?上帝?不不不。我说的"掌权者"指我们这些原先是人类的高层。抱歉,让你误会了。你去楼里随便问问,没一个人见过上帝。仔细一想是有点奇怪,对吧？可有谁在乎呢？

那个推着一台大手推车正和塞缪尔讲话的年轻人是安东尼奥。你在这儿会经常见到他。他是祷告接收部的员工，每天清早在各科室巡回，分配祷告的指标。值勤的人还有菲娜、伊斯梅尔、雅各布、苏迪安托、朴、阮先生、路易斯、夸梅、安妮莎、利奥、托尼、巴拉克和米兰达。这是祷告接收部派给你的花名册，瞧一眼，上面约莫有五百号人。一收到安东尼奥发来的祷告，你就得算出精确的总额，然后把它与花名册条目相核对。假如数字对不上，别签字！安东尼奥以前老是偷偷爬梳所有的祷告，然后从中挑出他家村子（委内瑞拉内陆）的祷告，试图帮老乡们得到回应。他被当场抓获了，真应该被开除，我是说，他违反行为规范啊！可后来我们才知道，他生前酗酒、打孩子。女儿十四岁生日那天，他打了她，当天夜里她离家出走。不，她并不像你想的那样，祈祷成真，成为委内瑞拉的麦当娜——她遭人强奸，横尸街头。安东尼奥一直试图赎罪。

男人，你了解他们的，都很擅长后悔。就算到了天堂，他们也时刻乞求着怜悯，自怨自艾。我们讨论了很久，决定主动出击，今后更加小心警惕。

我知道你会很忙，但也要照顾好自己的身体。参考个人病史，你做过肾结石切除手术，对吧？可别再有第二次了。因为你不会死，只会发肿——体内蓄满了尿液，就像隔壁科室的普拉斯那样。这儿有水，喝吧，喝完它。顺带一提，这儿是我们分部的茶水间。冰箱在这里，如果里面还有空间，你可以把零食和饮料、罐头放进去。遗憾的是，这儿没有热水，但在转弯处的超市里能买到热水壶。要是饮水机空了就知会罗伯特，他会联系后勤管理处的多尼，叫他把水满上。

这儿是分部的卫生间，不过里面没法洗澡。但要是你家里停水了，一楼大厅边上的卫生间里有淋浴设备。哈哈，对，你没听错，天堂也有停水的时候——是不是很滑稽？卫生间旁边是吸烟室，只有在午休那一个小时才能抽烟。别抽烟，利用午休时间去社交吧。中午抽烟的都是些没朋友的人。

这里是文具保管处，你的工作需要写很多字。最好现在就去领取剪刀和订书机。别弄丢了，它们总是不够用。好处是你喜欢什么笔都能拿走，这是本部门的一项福利。

我得告诉你：从你入职的那一刻起，其他部门的员工背地里就开始讨论你了，说不定已经有人给你起了难听的外号。比方说可怜的丹尼斯，就被他们叫成"鸡鸡"。别太放在心上。站在他们的立场上想想，他们这么做，不就是因为他们自己以往所有的祈愿与梦想都吊诡地石沉大海——我们知道，有些祈愿和梦想是实现得了的，所以才说吊诡——而这都是归我们管的。他们都想弄明白，为何自己的祷告从未收到回音。他们想看看上帝对每一条请愿的批复。有一次，一个梦想部里的年轻女人——我想她的名字是阿尔贝蒂娜——过来，想探讨一番新时期的印度尼西亚局势。她请求访问本部门数据库，遭到时任分部长小天狼星先生的拒绝。他说，这与我部的愿景使命完全相悖，是对整个组织信条的嘲讽。阿尔贝蒂娜坚持己见，强调成千上万——不，是好几百万——民众的命运正掌握在我们手中。"印度尼西亚正站在十字路口。"这是她的原话。一切都取决于这个国家将选择哪条道路。"一切。"她竭力张开双臂说道。哈！要我说，有哪个国家——尤其是后殖民地国家——没站到十字路口过？穷人更是如此，比如以前的我。活着的每一天，我都身处十字路口，身处死胡同。她还说，她们部门要想拯救一个国家的百姓，就需要找到民众最大的恐惧。"我请愿是为了全人类的存续。"她对我们说。但在随后的漫长争论里，她透露了自己的真实意图。其实她真正想弄清楚的是，自己的求子祈祷为何被拒。

可怜的阿尔贝蒂娜,她从来不是玛利亚。嘤嘤。这话真是老掉牙了。

说到午饭,我建议你只跟自己部门的人坐在一起,避免接触外人,尤其是姻缘部那群人。他们部门很敏感,特别是跟我们有关的时候。他们背地里叫我们"吊死鬼"。我还以为他们能想出更毒的词儿呢。他们不肯承认自己就是无理取闹。他们知道,对于一个祷告能否得到回应,我们没有发言权。我们的全部职责就是归档和保管,甚至也没资格阅读上帝对祷告的批复。我们相信,无回应的祷告和有回应的祷告一样神圣不可侵犯。何况他们的逻辑前提就大错特错:他们认为,没有人应该孑然一身。他们甚至主张所有涉及找寻灵魂伴侣的祷告都应当退回秘书处,作为新进祷告重新提交(一些寄信人是真的绝望至极,信封布满泪渍,都看不清姓名了)。明白了吧,他们觉得这种祷告必须得到回应。

拜托。有这回事吗——必有回应的祷告？

还记得我刚刚说过不看信的事儿吗？我是认真的。无知是我们的首要职责，也是我们工作的本质。其实，我们应该把这当成福气——只要莫管闲事，就永远不会知道上帝对每个祷告的看法。秘书处每天都在看这些内容，把它们录入笔记。你会在午休时看见一群脸色惨白的人，孤僻地坐在食堂角落里，他们就是秘书处那帮人。人人见着他们都发怵。启蒙部的员工（你猜到了，他们基本不干活）称他们为"僵尸"；以牙还牙，秘书处则说启蒙部都是"脑残"。没人喜欢启蒙部，说老实话，都是一群浑蛋。其中有个人曾在电梯里抱怨——嗯，他叫啥来着？彼得罗之类的吧——工作环境越来越糟。对了，基督教真在韩国流行开来了，对标？现在他们部门为了保持领先，得一直招募韩国员工。彼得罗原话是："他们整天在放奇奇怪怪的音乐，一年比一年更怪。行吧，他们跳舞还不错，可我宁愿要西城男孩！懂我的意思吗？来点儿后街男孩……再加上乔纳斯兄弟[1]……尼克帅爆了！尼克，我的天……没必要非得看这个。"他就是这么说的。重点是，启蒙部就没有一个人提醒过他，这话有多么种族主义吗？从此人人皆知，启蒙部尽是些臭鱼烂虾。

现在说说你的具体任务。收到当日的祷告信指标，确认总额与花名册里的名额一致之后，你要做的就是用活页夹把它们归档；完成以后，把活页夹放入祷告库里，在笔记本里记下存放的位置——对，粉色的那本。如果忙到很晚还没有做完归档，就用活页夹装着待归档的信件，拿到信件仓库，再在绿色笔记本上记下存放位置。但请你尽可能努力，别让工作越拖越多。

我得再说一遍：不要打开信封偷看上帝的笔迹。以前

---

[1] 乔纳斯兄弟（Jonas Brothers）：美国男子歌唱组合，2006 年发行首张专辑出道，2013 年解散，2019 年重组后活动至今。该组合的成员为一家三兄弟，尼克·乔纳斯是最小的弟弟。

珍娜手底下有个人，其他科室的，他好管闲事，偷看了一眼。贾卡·廷基尔，应该叫这个名字。他抑郁了好几个月，某天起再也没来上班。过了一周，这人竟然又露面了，老天啊，他毫无血色，整个人神经兮兮的，一上午都没说一个字。然后到了午休，他爆发了。

"全疯了！"他站在食堂中央咆哮，"就任凭一个人来决定所有苦愿的命运！"当然，有两个保安过来维护秩序了。贾卡从此再没出现过。

显然，他打开了错误的信封。不是总在祈祷时光倒流的老人；不是想要新摩托车的恋童犯；不是那个祈祷学生考不上音乐学院的怪胎钢琴老师；也不是那个想勾搭年轻女人的糟老头，他想借此离开他的妻子。都不是。在千万个可憎的祷告里，他偏巧读到了一位老妇人的来信：她唯一的儿子遭军方绑架，人间蒸发。她在等着他回家。

没人知道上帝对此批复了什么。没人知道她的祷告为什么没有回应。没人知道。当然，贾卡除外。

嗯，差不多了。如果你还有不清楚的，问我就行。我在那边的隔间。顺带一提，我听说你跟我同一个方向回家。我每隔五天开一次车，如果你懒得开车，我可以捎上你。别客气，这没什——哦，对了，还有一件事。

有一天，你会遇到写着自己名字的信。你惊得失语，冷汗淋漓，心跳加速。你已经抵达终点，你的人都到这儿了，怎么祷告现在才送来？你只要记住：别相信自己的感觉，那都是错误的。当那个时刻降临，你必须撑住，就把它当成别人的祷告，与你自己无关。信上印着你的名字，但你不能把信里的内容当成自己的心声，哪怕你已对它了然于心；装作信纸散发的香味——假如有的话——并非来自你挚爱的香水，哪怕你知道它的确就是。毋庸置疑，它是你从你母亲那里收到的最后一份生日礼物，在你认真地决定断绝关系之前。你心知肚明，不是吗？你唯一无法断绝的关系是自己与上帝的关系。这话听起来耳熟？哈哈，人往往表里不一。告诉你一个小秘密：我以前也是印度尼西亚人，和你一样。

  明白了吧。工作愉快！最后，再次欢迎你来到无回应祷告部！

愈显主荣

六个月前，图拉修女被送进了庞多阿仁的退休嬷嬷养老院。现在她开始偷溜出去了，带上一套便服——T恤和长裙——前往商场。每一家店她都要停下来逛一逛，打量着每一件自己不需要或者买不起的商品——璀璨的腕表、馥郁的仿制香水、五光十色的彩绘玻璃杯碟。直到有一天，她不再为之心动。

在这个邪恶横行的世界里，唯有上帝能使我完满——四十五年前，图拉对她的男朋友安东如此说道。我猜，就连上帝也需要年轻修女——她们成为室友的第一个晚上，劳拉修女苦涩地告诉图拉——而不是我们。

假如一切按照原本的计划进行,图拉修女将把绝大部分的时间都花在祷告和读经上面。修道院锁住了她,叫她远离凡尘,而越过边界、去往彼方的唯一办法就是为门外的苍生做祷告。他们如同连绵无尽的山峦,落满了大地。当然,图拉还是能出门的:意思是,如果她非得去教区或者诊所的话。只要她说一声,铁门就会洞开,而看门狗会忍住不去追她,含沙的微风将会亲切地拥住她,等等。遗憾的是,近年来本地犯罪高发。她已从阅览室里的过期报纸堆里了解到这一点。治安严重恶化,导致院长嬷嬷设置了严格的离院条件。院长带领图拉参观时,对她说:"这儿有你所需要的一切。"劳拉告诉图拉:"老猫会离群出走,独自死去。"

入院时间长的退休修女大多寡言,图拉疑心自己也终将到达那种境界,那是种彻底且圣洁的宁静,迥异于她人生六十年间的任一状态。这群坚守信念并最终取胜的人会集于此。这就是图拉第一次看到布告栏上的入住名单时的想法，那时她迫不及待想成为其中一员。

劳拉说，她们自视颇高，不会同我们搭话。

每天早上，图拉先是冥想，然后参加晨间礼拜。结束后，她走进起居室，诵读《圣经》。下午会按需举办圣餐，活动谢绝访客。至少在她开始偷溜出去之前，图拉总会出席圣餐。做完夜间冥想，图拉九点便上床睡觉。阿维拉的特蕾莎有言："冥想的灵魂不会迷路。"图拉对此深信不疑。

图拉每周三必去做心理咨询，那是专门为她这一类刚刚退休的修女安排的，有好几个心理咨询师可选，不过图拉一般都跟那位名叫纳尼的女性交流。纳尼只比她小六岁。图拉承认，自己现在活得很游离，不过纳尼却说有这种想法是正常的，时间久了就好了。偶尔图拉甚至会心血来潮，陶醉于半世俗化的闲谈——比如讨论她们最喜爱的Koes Plus[1]和Chrisye[2]的音乐，而纳尼总是很乐意接话。

---

1 Koes Plus：印尼流行乐团，1968年成立。
2 Chrisye：本名克里斯蒂安·拉哈迪（1949—2007），印尼创作歌手。

一周又一周，她总是盼着周三来临，直到有一天纳尼打来电话，说自己病了。图拉不想让别人觉得她有偏爱之心，便决定继续去做咨询，换一位咨询师。那是个老爱出汗的年轻男人，走到哪儿都带着纸巾。尴尬了几分钟后，他磕磕绊绊地说："你的子女们过得如何？他们上次来探望你是什么时候？"图拉回了房间——毕竟她不知该如何作答——确认劳拉不在屋内以及她时刻待机的怒火不会爆发后，倒在床上哭了。

嬷嬷，你会喜欢上这儿的。纳尼曾这样对她说。

年轻男人的提问让她想起了家人。父母、兄弟姐妹皆已离世，侄子、侄女一个都没主动来探望她——哪怕是以前她还在教书的时候。图拉总是自己费好大劲去侄子家串门，在他们家里过夜。侄子搬到了勿加泗，在当地做客车司机，很多没钱上学的巴塔克人都是这样。他生了六个孩子，都进天主教学校读书。不过严格来讲，他们家现在是巴塔克新教教会会员，因为侄媳妇是巴塔克新教徒。他们家房间不够，所以图拉就睡在客厅，他们给她铺了床毯子。图拉夜半醒来，在厨房和客厅间来回走动，发现了一张裱框的照片，是侄子一家人和她已故母亲的合影，看起来拍摄于梦幻世界乐园。在最小那个侄孙的T恤上，图拉认出了棕色的污迹。她微笑，那是咖喱渍，妈妈肯定把自己做的饭菜偷偷带进了游乐园。图拉妈妈以前常说，巴塔克女人多子多福。

图拉是家中末子，哥哥姐姐对她置之不理，她总是进厨房帮妈妈干活。结果这倒成了好事——无论教会把她分派到什么地方，她总是很受欢迎。现在，油锅和炉灶，她一下不碰。那些负责运营修道院的更年轻些的修女会把饭菜准备好，洗好衣服，换好饮水机的水。有一次，她在整理刚洗晒完的衣服时发现，自己的内衣裤被叠放在洗衣篮底部。她感觉后颈直发凉。她们为什么要把这个洗了？为什么不把它还给我，说是不小心掺进去了？难道我没跟她们讲过，我自己来洗内衣吗？难道她们不懂，内衣自己洗和交给别人洗有多大的差异吗？她们是故意的还是不小心的？

"她们觉得我们都老掉牙了，"劳拉嗤道，"老得什么事都干不了。"

两人的房间位于修道院西翼一楼，二楼住着管理层的修女。图拉搬进来两三个月，开始梦到自己给有着深色皮肤、卷头发的孩子们上数学课。她疑心这是楼上维娜修女的梦境——她来自奈玛塔，房间就在正上方。图拉想，梦从她的黑发间滑落，掉下了床，掉进我花白的脑袋里。

"她们甚至觉得我们爬不动楼梯。"劳拉说。

图拉初次走出修道院时，白天值班的保安芒·萨迪恰不在岗。那时她正坐在树下的长椅上，碰巧——倘若并非奇迹——抓住了机会。她起先在附近的住宅小区闲逛，发现了一个小公园，便坐到秋千上去。她享受这短暂的远足，沐浴在柔风吹拂之中；度过数月的孤寂，第一次感到体内燃烧着圣火。图拉觉得自己就是拉撒路,耶稣基督的神力令她起死回生。

"住在这里跟死了一样。"劳拉说。

接下去几天,图拉紧盯着保安室,明白了萨迪不在的原因。他是穆斯林,下午必须做礼拜。时间很短,不到十分钟,不过多亏一生为教会鞠躬尽瘁,图拉早已习惯把事情办得利索。她偷来了保安室的报纸,勤勉誊抄午后礼拜时间表,随后又同样勤勉地现身于树下长椅,假装自己陶醉在周围环境之中。那棵树显然是几十年前由修道院最早的住民手植的。翌日,她拿上一本《圣经》,充作掩护。每当管理层路过此地同她问好,她就将这本大书举得再高一点,继续读书,吸引眼球。树背后藏着一个塑料袋,装有衣物和钱。

时间一到,她就开溜,然后坐上巴士,前往就近的大型购物中心,它离勒巴布鲁斯公交总站约十公里远。她找到公共厕所,进去换了身衣服。第一次这么干了之后,她沿着走廊往回走，心怦怦地跳个不停，仿佛回到很久以前自己走向圣坛宣誓的那天。图拉来到走廊尽头，被熙熙攘攘的景象所震撼。她深吸一口气，迈出了第一步，就这样融入了人群。她自由了，想去哪里就能去哪里。

一天，图拉正在货架前看染发剂，有个约莫六岁的小男孩跑向她，拉住她的裙摆。"奶奶！你去了哪儿？我们找不到你！"小男孩哭哭啼啼，说他有多么想念奶奶。图拉愣住了，细细打量他——说不定这真是我孙子，只不过我忘记了。说不定我从没离开过安东，我和他结了婚。说不定我失去了记忆，果真迷了路，而安东还在等我回家。

图拉蹲下来，与男孩四目相对。她抚摩着他的头发。

她问他叫什么名字。

他说：塞巴斯蒂安。

上方的喇叭里传出一个女声：一个穿着蜘蛛侠T恤的孩子不见了。图拉看向男孩的上衣。他终究不属于我，图拉心想。他应该属于一个同我长得很像的人，也许是另一个没有去当修女的图拉·西纳加。图拉带着男孩走到了客服前台。

"我们为祂奉献了一切，"劳拉说，"可我们又得到了什么？"

男人看到图拉怀里的孩子便奔了过来。他满脸泪水，紧紧抱住了小男孩，而男孩哭喊道："爸爸！是奶奶啊！奶奶回来了！"

父亲与图拉对视。"女士，谢谢您。"他说。他叫约哈内斯。他在纸上记下了自己的住址，邀请图拉过去拜访。"再次谢谢您，女士。太感谢了。"

这段话深深触动了图拉。

她有多久没听过这样的话了？从前每天她都会在下课时收到感谢。好吧，也不尽然：图拉依旧会听到自己说"谢谢"，现在她成了那个总是道谢的人。谢谢你做这顿寡淡的饭。谢谢你为我这把老骨头祈祷。谢谢你打扫臭烘烘的卫生间。谢谢你可怜我,可怜这张布满老年斑的脸。谢谢。谢谢。谢谢。

"如果祂就是这么对待朋友的,"劳拉撕下墙上的十字架说道,"那难怪祂没有朋友。"

回去的路上,图拉始终惦记着塞巴斯蒂安和他爸爸。次日,院长修女叫她过去。她被举报了。"我们这儿得守规矩。"院长说道,她的下巴紧绷呈方形。

图拉唯有点头。

"规矩是人定的,不是上帝定的。"劳拉说。图拉周末偷溜出去,去了约哈内斯家里。就餐时,约哈内斯问起她的个人情况。她告诉他,自己是雅加达土生土长的新教徒。

"我妈妈以前在本地巴塔克新教会主日学校当老师,激励我也走上教书育人之路。"她也不懂自己为什么说谎。

吃完午饭,塞巴斯蒂安把她拉到沙发上,一起看动画片《千与千寻》。该影片讲述了女孩被困神灵世界的故事——她的父母被变成了猪,她必须救出他们,回到原来的世界。

电影结束了,图拉想,退休修女之家就是我的神灵世界,我也得回到自己原本所在的世界。我得回学校,学生们需要我。

"这里就有你需要的一切。"院长说过。

塞巴斯蒂安掏出图画本和蜡笔。

"你想让奶奶画什么东西吗?"她问。

"能画一座学校吗,奶奶?"

于是,图拉画了一座 L 形布局的两层建筑,四周环绕着垂枝暗罗。

以前学生们说过:"图拉修女,你是最酷的数学老师。"

纳尼说:"我们会在这里照顾好你的。"

"我们学校不长这样,奶奶。"

图拉笑起来。然后,他们俩一起画了沙滩、大海、森林。塞巴斯蒂安厌了,在图拉的膝头睡熟。

母亲曾问她:"你真的不想要子孙?"父亲和其他人也

问过同样的问题。她摇摇头。她只想要上帝。

"谢谢。"图拉临走时,约哈内斯说道,"有你在,他很开心。"

图拉再次为之触动。不过,目前,她还是得回到自己的世界。

图拉去见院长,说自己想回学校教书。她说自己依旧能够胜任。

"什么年纪,做什么事,"院长答道,"现在轮到年轻人供奉基督圣体,而你们该满足自己的属灵需要了。"

可是学生们需要我啊,她想。

几天后的拂晓时分,图拉穿戴齐整,悄悄溜出门,乘上首班公交车,中途换乘三回,吐了一次。她来到自己曾经教过书的天主教学校时,正好响起了一、二年级的放学铃。学生们聚在停车场,他们跟她打招呼,吻她的手。他们还记着我,她想。他们旋即说父母在等自己,或者司机来接人了；要回家休息，做作业，明天得上交；还要去上竖琴课。毕竟学生们离了她还是一样得过日子。

学校里有人向院长打报告。图拉的举动令她大为光火。图拉满心失落，返程长途跋涉，拖着疲惫的身躯回了屋，别的修女都盯着她看。次日，院长传唤了她。

"你得往前看，"院长强调，"凡事为荣耀上帝而行，而不是为了个人的幸福。"

这天午后，图拉立在镜前，凝视了很久。

"你得制定长期规划，如此便不会为眼前的失败伤神。"纳尼曾这样对她说。

图拉不知道自己还能不能活那么久，去找到一个长远的目标。

"我认为你做得对。"劳拉说道，这时她们俩都在屋里，"假如我们身上有天职，那我们应该能干多久就干多久。"劳拉被派驻加里曼丹岛腹地多年，在当地接生婴儿、防御食肉野兽和巨型蜈蚣。她曾听劳拉叹息道："如今我只能照顾老鼠。"

图拉被罚在房间里禁足一周，只有做弥撒和祷告时可以出门。劳拉不在屋里的时候，塞巴斯蒂安父子就会闯入她的脑海，而图拉竭力不去挂念他们。"该往前看了，"图拉对镜中的自己念道，"你走了，学生们还是照样过。"

日复一日，光阴流转，没有什么可以不朽。一天早上图拉发现，劳拉的床铺空荡荡的，衣柜也清空了，只在抽屉里留下一张字条："浑蛋们别来找我。"

一周过去了，院里有人在睡梦中谢世。一个月过去了，劳拉仍然下落不明。图拉为镜中倒映的女人流了泪。"真可怜，"她悲啼道，"老成这样，百无一用。"然后就出了事。星期天清晨，图拉在晨间弥撒中途溜出教堂，走到院长办公室，用院里的电话机打给约哈内斯。就在同一天，图拉又跑出了修道院。

她看到约哈内斯和塞巴斯蒂安站在他们家门口,宛如老友重聚一般,挨个儿拥抱他们。"奶奶,我好想你。"塞巴斯蒂安说。午餐过后,三人一同看了电影《玩具总动员3》,故事讲述了男孩长大后扔掉了许多玩具,玩具们则试图回到他身边。图拉想起了劳拉——她的事很快传开了,人们议论纷纷。"不好意思。"图拉的声音发颤。她在浴室里哭了,打开急救箱,搜寻止痛药片。

她记得劳拉说过:"祂从未开启圣口对我们言说,从未施以妙手,从未予以指引。祂不是抛弃我们了吗?"

塞巴斯蒂安没看完电影就睡着了。

图拉环顾客厅,看到了照片,上面是一个年轻男人和一个中年女子。"我妈还活着的时候我们拍的,"约哈内斯说,"我跟小塞说,她走失了。"

"你太太呢?"图拉问。

约哈内斯似乎有些不安:"她过世了,脑癌。"

"你呢?"赶在她追问之前,他问道,"你丈夫怎么样?"

"他是领主,"图拉说,"而且他再也不管我了。"

约哈内斯惊呼:"啊?"

"就是个老板,"她说,"生意总忙得不可开交,就当他掌握了全世界吧。"

"哦……懂了。那你家里人呢?你妈妈怎么样?"

"她生下了我丈夫。好多人都叫她圣母。"

约哈内斯笑出声,说:"你真有意思。"

"如果这一切是个笑话,"劳拉出走前夜曾说,"那肯定是有史以来最糟糕的笑话。"

"小塞放学后需要有人照看他,你有兴趣吗?"约哈内斯问道。

"你怎么不再婚?"

约哈内斯不作声。

"我在急救箱里看到了一张照片,你和一个男人。"

约哈内斯呛到了。"他……是我朋友。"话说得结结巴巴。

"照片放在那个位置挺怪的，"图拉打量他，"可能本来是放抗焦虑药片的？"她狡黠地添上一句。

约哈内斯看起来不知所措。

"我知道你的性取向不同，这没事，"她向他保证，"他是离开你了吗？"

他一时无话。两人静静地坐了一会儿。

"要是我和男人结婚了，塞巴斯蒂安会被同学欺负的，"他终于说了出来，"可我真的……没法跟女人在一起。"

图拉想对他说，别担心。我都没和别人在一起过，管对方是男人还是女人。可我不是还好好的吗？

带孩子的第一天，图拉领着塞巴斯蒂安去了公共图书馆。约哈内斯出门上班前叮嘱道，安排些不吃力的项目，如看书、画画。他小声提醒她塞巴斯蒂安的心脏问题，之前也已经提过好几次了。

这是塞巴斯蒂安第一次去图书馆。

"你爸爸从来没带你来过这儿?"图拉惊讶地问。

"看啊!"塞巴斯蒂安叫道,"墙上的油漆跟奶奶的皮肤一样,起皱了!"

图拉走到放置最新还书的筐子边上,检阅其中的内容,塞巴斯蒂安则在书架间转来转去。随后,他们读了一本写昆虫的书,不过塞巴斯蒂安貌似不太专注。

"你想读别的书吗?"图拉问道。

"奶奶,我们可不可以吃冰激凌?"

于是,他们搭乘巴士去往当初相识的购物中心,在那儿买冰激凌吃。

"奶奶,你最喜欢什么口味?"塞巴斯蒂安问。

"没有最喜欢的,奶奶什么都喜欢。"图拉答道。

图拉端详着塞巴斯蒂安,而他已经被自己的冰激凌碗吸引了注意力。他真是个可爱的小东西,怎么会活不长呢?难以置信。图拉想起了早先在图书馆里看过的那本书,里面写道,家蝇的平均寿命为十五天至一个月,但若将其置于有利的实验条件下,寿命就可以延长。

"累了吗,塞巴斯蒂安,想不想回家?"

塞巴斯蒂安摇摇头。

接着,他们在附近的公园待了几个小时。热带阳光毒辣,他们躲进林间,从自己的伊甸园里往外望,望见路过的行人、推车贩卖罗惹[1]与肉丸的小贩。

"塞巴斯蒂安,你爱我吗?"

塞巴斯蒂安抬起头,脸颊绯红,回答道:"当然!奶奶,我当然爱你啦。"

"你是唯一能让我幸福的女孩。"安东在最后一次见面时这样告诉她。图拉进入修道院六个月后,他娶了别人。

他们下午三点回家以避开晚高峰。塞巴斯蒂安一到家就嚷着肚子饿。图拉用电饭锅煮了饭,煎了一个荷包蛋,又炒了素菜和豆腐。她返回客厅,看到塞巴斯蒂安小脸煞

---

[1] 罗惹:印尼街头常见小吃,一种用辣酱调制的新鲜果蔬沙拉。

白。"奶奶，我喘不上气了。"他说话呼哧呼哧的。

图拉如坠冰窟。是心脏，她想，肯定是他心脏的毛病。她叫他躺下并试着深呼吸，然后自己冲到电话前拨给约哈内斯。

他让图拉带着塞巴斯蒂安去最近的医院。她把孩子抱在怀里，走出小区，走到马路对面的摩的停车点。他们到达医院时，约哈内斯已经在大厅等着了。

"没事，他只是累了。"医生检查完塞巴斯蒂安后说，"这两天就让他待在家休息吧。"

"爸爸，我们今天去公园玩了，"塞巴斯蒂安浅笑着说，"真好玩。"

他们排队付钱时，约哈内斯说："他总是这样。"图拉看着他，脸上的纹路、暗沉的肤色还有唇周和下颏的胡楂儿都透露出他的日子过得怎样。他没发火，她松了口气。

纳尼曾经告诉她，坚强很好，但更重要的是接纳自己当下的模样。

图拉决定这天在约哈内斯家过夜,哪怕她明白这么做会叫修道院不得安宁。人人都会以为她跟劳拉一样,逃了出去。院长不知如何是好,到底要不要报警?"又有修女不见了"传着传着就会变成"退休修女抑郁出走事件再度上演""不幸的修女逃离修道院""又逃走了一个修女"。群众不禁要问:里面到底出了什么事?可能有些见不得人的丑事?万一世界上每个修道院里都发生了这种事呢?教区会展开调查。世界各地的信徒家长都会告诫自己的女儿:"瞧吧!你还想当修女吗?"见习修女将越来越少。这世上的光棍已经够多的了;试想假如耶稣也成为其中一员,那该是多么可悲!不应指望他吞咽此般寂寞。

然而,图拉明白自己必须陪着约哈内斯。她必须确认晚上塞巴斯蒂安没事。是的,最初她只不过是想瞄一眼那条未选择的路,浅尝辄止。

但它现在成了我的天职、我的长远目标。

院长告诉她,要为主的荣耀尽己所能。

以前母亲对她说,人不能仅仅依靠上帝活下去。

图拉闭上眼甩起脑袋,想摆脱脑袋里无休无止的嘈杂话音,哪怕只得片刻安生也好。随后图拉领着塞巴斯蒂安上床睡觉。他要听故事。"奶奶不会讲故事。"塞巴斯蒂安就让她编一个,于是她讲了《圣经》里的事。"父亲等了很久很久,"图拉讲到了结尾,"失散的儿子终于回到家了。"

"他为什么要带儿子回家?儿子坏。"

"父亲很爱儿子。"

"要是我走了,爸爸会原谅我吗?"

图拉摸摸他的小脑袋。她脑海中浮现了这样的画面:一对男男——约哈内斯和他的前任——相拥在一起,他们是那么幸福,那么年轻。几十年前,她和安东也拍过一张同样的照片,证明她也曾为红尘客。那段岁月匆匆忙忙,却饱含生机。

"他当然会啊，"图拉说道，"现在你该睡觉了，好吗？"

她走出房间，看见约哈内斯坐在桌旁，除了他那边，屋子里其他灯都熄灭了。他抬起头，请图拉坐在自己边上。她在心里默数到十，以缓解焦虑。

"我觉得，"约哈内斯紧张地说，"今天的情况不太妙。"

图拉坐在椅子上，一动不动，仿佛她早就知道会是这样。她勉强点点头。"对不起。我想，我不太擅长和小孩子打交道。"她语带歉意，可这并不是实话。

"现在回去已经太晚了，"约哈内斯说，"不安全。太危险了。如果你愿意，今晚可以睡在空房间里。"

图拉又点头。

"你给家里人打过电话了吗？"他问，"他们可能会担心，然后到处找你。"

图拉与约哈内斯四目相对，她想起第一次见面时，两人也曾这样对望。他的瞳孔令图拉想到一双飞蝇——塞巴斯蒂安和她自己。她们能在有利的实验环境里延长寿命，但实验室里的日子还能叫作生命吗?真的非要活下去不可吗?图拉心中默念,蝇啊,飞走吧。全宇宙最好的垃圾堆在等着你。

"不会的,"图拉竭力忍住泪水,说,"没人会来找我的。"

我们的子孙将多如天上的云

他们肯定在印度出了什么事，西哈亚太太等医生配药时这样想。九个月前，儿子里奥与他丈夫从印度回来，之后她便隐约觉得二人行动有异。他们几乎不再为了那些傻事打嘴仗。比如，要不要用新牌子的肥皂、选哪家餐厅、挑哪条领带。就算吵了起来，也会有一个人立马让步："行吧，你说了算。"

在这之前，她经常晚上十点步上楼梯——膝盖嘎吱作响，得加点润滑油似的——只为了训斥那俩孩子。"安静点！全世界又不是只有你们两个人。"而如今西哈亚太太到了点还没睡，读完一本又一本书，却再也听不到欢声和笑语。

　　早几十年前就拿到心理学学士学位的西哈亚太太察觉到另一件事：自己很有探究其中的欲望。可她并不愿让人家以为自己很关心他们俩处得好不好，或者说得具体点，她不想让托马斯觉得她关心他。

　　他们不会知道：前几天两人都出了门，她趁机溜进了他们的卧房。床单、枕头、靠垫收拾得整整齐齐，他们俩上一次在这床上办事儿是什么时候？她翻箱倒柜，找寻润滑油之类的东西，而唯一引人注意的是一本压在托马斯内裤下面的书，书封是一颗彩色的心。这书叫作《心脏疾病患者生存指南》。西哈亚太太猜，这会不会是给她准备的礼物？对上了。托马斯习惯赠她科普读物来讨好她。但心脏病不是她感兴趣的题材啊……她心烦意乱，抓起桌上的钢笔，塞进一件内裤的裆里。她的独生子怎么和这样一个人结了婚？假如这本书真是送人的礼物，把它搁在内裤下面合适吗?

《圣经》回答不了这些问题。

发现了书和内裤这事之后,西哈亚太太脑中的疑窦又增加了。方才她走出病房来取药,徘徊在门口,数到三,等托马斯站起身来,如往常那般主动陪同。当然,她也会如往常那般将他拒绝,但托马斯还是照样跟在她身后,向来如此。在排队过程中,他始终一副心事重重的模样。到了这出戏的压轴,她要向里奥抱怨整整一天:托马斯竟然把她一个人丢在配药的队伍里。

托马斯是摄影师。西哈亚太太想明白了。所以他根本不该入镜。

可你猜怎么着——这回,托马斯坐着不动。她继续数数:四、五、六。托马斯依旧没反应。

"请付三十五万六千卢比,女士。"

她拉开皮夹拉链。不,叫人担心的绝不仅是他们最近的变化(她敢肯定那不是大事,她能够接受。她对人性的幽微曲折了如指掌，天上地下，无不知晓）。她深知，爱同所有的情感一样，会骤然迸发，然后消亡。她设想里奥与托马斯各自置身皮夹的左右两面，逐渐远离对方，他们之间的缺口扩张成黑洞，黑洞又扩张为深壑。她不打算在儿子和他的伴侣之间架起桥梁，都这把年纪了，老得铺不动砖。

"曼加托·西曼云塔名下的处方。药配好了我们就叫你，女士。"

西哈亚太太感觉自己的脑子好像一个陶罐，里面盛满了忧虑，多到溢出来，正慢慢流入潜意识。前几天夜里，她梦到自己身处码头，望见托马斯站在船上，船驶向大海。她反复呼唤着他，但他没听见。

午休时分，她咀嚼着梦境，最后得出结论：对她而言，托马斯本身就是一艘船。他总是为了工作而奔赴许多她闻所未闻的地方。有一天早上，西哈亚太太闲着没事，想在家里找些书看，偶然发现《国家地理》某期登载了托马斯拍的照片。那是一口古井，文案引用了一句名言："上帝就像一口深不可测的井，我们无法在其中照见自己的面影。"事实上，这深深触动了她。然后她幻想着把自己对这张照片的所有赞赏统统装进麻袋，又虚构出了一条河，把麻袋扔到河里。至于那本杂志，她把它塞进了一堆旧报纸底下。

里奥被公司派到荷兰进修两周，他在那里遇到了托马斯。两人是小学同学，但已经二十五年没碰面了，直到在阿姆斯特丹的一家书店里偶遇对方。西哈亚太太一直在想象，那一天阳光明媚，骑车的人来来往往，市长办公室外也许有人在和平示威。这场邂逅以后，托马斯和里奥开始互发邮件，只要托马斯回国，他们就会相约中午见面。五个月后，他们确定了关系。然后，里奥保密了整整两年。托马斯的双亲很早就故去了，所以他用不着告诉谁。

儿子在她六十寿宴上向她坦白。托马斯是被里奥叫过来的。派对后的惊喜,三人点心时间,哦哟。如今念及此事,她尝试召唤出幻想中的麻袋,然而袋子的缝线已经由于负荷过重而开裂。所以,一切又在她脑海里复现:里奥不慎打翻了一杯柽果汁,托马斯立即动手,拿起一块布,里奥开口。果汁仿佛带着光泽的黄色岩浆,渐渐漫延,开始滴向地板。

太让她震惊了。首先,里奥以前有过好几任女友;其次,她这个独生子竟然整整两年都瞒着她!她了解同性恋的基本概念。她才不恐同!但是这一幕令她难受至极。托马斯把她的儿子变成了面目全非的陌生人——这人她一点儿也不喜欢。

他们要去阿姆斯特丹结婚,她不肯去。

肩膀被人拍了一下,她吓了一跳。"嗨,林!你在这儿干啥呢?"西哈亚太太转身,心随之一沉。是莉迪亚·西坦冈。

"哦！嗯……"她支支吾吾，"是……我孙子……病了。"

"什么？你有孙子了？怎么回事？"

这源于一场梦。她和丈夫站在桥上。

他问起杰瑞米。

"杰瑞米是谁？"

"当然是咱们的孙子啊。他上哪儿去了？"

"可里奥跟男人结婚了，你知道的啊。我们不会有孙子的。"

西哈亚先生正要答话，闹钟吵醒了她。整整一天，她都在思考梦里丈夫说的话。孙子？她有没有听错？

孙子？

此刻，莉迪亚·西坦冈还在等她的回答。

"没错，莉迪。我是有个孙子，他叫杰瑞米。"西哈亚太太最终说道。她实在讨厌碰上同一标会[1]的巴塔克女人，

---

[1] 标会（arisan）：一种民间金融互助组织，通常以血缘、地缘关系为基础，风行印尼社会。

特别是这个莉迪亚·西坦冈。西哈亚太太知道，里奥和托马斯的婚姻早已成为众人的谈资、公开的笑话。有一次标会活动，莉迪亚问她，里奥和他的伴儿是怎么睡觉的。人们窃笑起来，笑了好久好久，可最后又露出急切的神情，翘首以待她的回应。这群巴塔克人蠢到家了，她气得半死，脸都发烫了。她已经做好了不得不跟莉迪亚结结实实斗上一番的准备，但她稳住了：她是个有理智、有文化的女人，锡博龙博龙当地的名门闺秀。爸爸当过区长，妈妈是棉兰报业大亨的独生千金；一家兄弟姐妹全都上了大学。而那个莉迪亚·西坦冈呢，连高中文凭都没有！因此，西哈亚太太只是微笑着答道："我估计，就跟别人一样。"

"但具体啥样呢，林？"莉迪亚又问，"他是下面那个吗？"

西哈亚太太没法忘记那个梦，便做起了研究。终于，一年后，她激动地甩给里奥一篇打印出来的文章。她一直关注着印度蓬勃发展的代孕产业：客户提供精子，挑选孕母,然后等九个月后孩子降世,客户就能把亲生孩子带走。

"无须肢体接触,"她对里奥说,还眨了下眼,"甚至都不用碰一下女人。"

她不想对莉迪亚说得太细。"我也不太清楚呢,莉迪,但杰瑞米肯定是里奥的亲生儿子。"

"哦,我知道了。所以,他花钱买了一个女人,跟她睡觉,让她怀上孩子?"

莉迪亚的愚钝让她反胃。她知道,莉迪亚在讲他们的朋友在80年代末干的事儿。贝蒂不能生育,于是夫妻俩花钱找了一个女人,让她给博斯曼生孩子。

"你这说法……"西哈亚太太不屑地说,"听着跟买春似的。"

"那……到底是怎么回事呢?"

她都懒得反驳莉迪亚。她知道说了也没用。明天开始,标会那群婆娘就会给她纯洁无瑕的宝宝起一个俏皮的新绰号,而现在她只希望药剂师能快点报出她写在处方单上的名字。她想到洗手间里避避,在里面大骂莉迪亚,然后给所有朋友打电话,接着狠狠骂她。她永远都无法忍受那女人,无法忍受她没完没了地指点他人的生活。拉斯玛·胡塔朱露的老公被派到东帝汶,他在那里双腿负伤截肢。然后,莉迪亚也向拉斯玛打听,她和老公还能"做吗"。有人失去了双腿,而莉迪亚要说的就只有性。

"曼加托·西曼云塔。"

她站起来。"不好意思,莉迪,我得回去找孙子了。"

"别走啊,林。过来,我们再聊会儿。"

西哈亚太太笑了笑以示回应,过去拿她配的药,连声再见都没说,提着药就走了。谁能想到,有朝一日她会需要请医生给自己开抗抑郁药。

她回到病房,看见里奥和托马斯并排坐着,都不说话。"那个莉迪亚·西坦冈,"她怒道,"真把我恶心坏了。"

"为什么?妈,出什么事了?"里奥问,依旧盯着他的报纸看。

"妈妈刚在药房那儿遇到她。"她答道。

里奥合上报纸。"真的？她来看病？"

"天晓得，但被她说得好像我们找了个妓女来生孩子一样。"

里奥皱眉问："嗯？怎么了？"

"你认识莉迪亚的，她特会给人添堵。"

"妈，还记得我考上印尼大学的时候，她是怎么说的吗？"

"哼！当然记得。"

"她说我只是运气好，最多坚持一两个学期。神经病。"

西哈亚太太很喜欢这样。她突然又觉得自己离里奥很近，好像又是一条船上的了。虽不知这船要去往何地，但她已经想不起两人上一回聊得这么热络是什么时候的事了。

托马斯插了句嘴："这个莉迪亚是谁？"

"妈妈以前标会里的一个朋友。"里奥回复。

西哈亚太太打量托马斯的脸。看着有些憔悴，他病了吗？第一次带孩子进医院肯定会手忙脚乱的，不过她感觉他的表情背后还藏着什么。毕竟医生都说杰瑞米只是普通发烧，没什么可担心的。

她眯起眼。托马斯额前汗珠密布。霎时，她心头一紧。

"妈，怎么了？"里奥紧锁眉头，问道。

会是这样吗？但托马斯是素食主义者，每周健身三次。

"你们饿了没？"她说。

"我快饿死了。"里奥说，他转向托马斯："你呢？"

托马斯模棱两可地点点头。

"行，"里奥说，"我先去下洗手间。"

里奥走了，西哈亚太太越发不安。她该趁现在问问托马斯吗？他跟里奥结婚七年了，这么久以来，她从没和他聊过天，更别提推心置腹了。"拿个酱油。""告诉里奥，我还要在裁缝那待一会儿。"她对托马斯就只有这些话可说。即便如此，她也考虑到了不可抗力。可是里奥马上就回来了，要是他进来发现她和托马斯正讲着话，她的手都不知该往哪儿放了。

"托马斯?"

"嗯……阿姨?"

西哈亚太太在座位上扭了扭身子。不用说,托马斯还记着他们在印尼办的那场婚礼。("准确来说,你们俩是在荷兰结的婚。"西哈亚太太喊道,托马斯刚才叫她"妈妈"——显然是里奥让他这么叫的——"所以,只有在荷兰,你才能叫我'妈',明白了吗?")想到那一夜,西哈亚太太头一回产生了类似愧疚的心情。

"妈妈能问你件事儿吗?"她说。

托马斯好像被吓到了。

"什么事,阿姨?"他犹豫着问。

"以后叫我'妈妈'就行。"

"噢。嗯,好的,你问什么事……妈?"

"你有心脏病吗?"她问道,自己也踌躇起来,"要是哪儿不舒服,可以跟我说。"

托马斯的脸色越发苍白。"没有，阿——妈。"

　　"你确定吗？我打扫你们房间的时候，看见了一本心脏病的书。"

　　托马斯没来得及回复，里奥回来了。"走吧！"

　　托马斯显得手足无措。里奥疑惑地望着他和母亲。"妈，这是怎么了？"

　　"不知道啊，"西哈亚太太又回到了平时冷淡的样子，"走吧，我饿了。"

　　那孩子有事瞒着我。回家路上，西哈亚太太始终惦记着这事。托马斯好几次透过后视镜偷偷瞄她，都被她发现了。里奥要回公司，托马斯立即洗了个澡，也离开了家。他声称自己要去和出版商见面，讨论他今年要出的新小说。西哈亚太太挺惊讶的，她不知道托马斯还写小说。

　　西哈亚太太充分把握独自在家的机会，又一次潜入他们的卧室。

"小说"让她想到"日记事件"。她回忆起那次里奥玩笑似的抢过托马斯的日记,托马斯在客厅里追着他跑,而她则朝着他俩大吼。

西哈亚太太开始搜查每一个抽屉,连床底下也不放过。一无所获。她闭上眼睛,心里反复念叨着,它去哪儿了,究竟在哪儿。刚在托马斯的书桌前坐下,便觉柳暗花明。他没关电脑!她握住鼠标。"我敢打赌这是他的小说原稿",她自忖,扫了眼标题——《愈显主荣》。

她做了个鬼脸。谁想得到托马斯会起一个这么天主教的题目!天啊,可真是老套!然而,她却很好奇故事内容,真想立即开读,令她自己也吃了一惊。可她忍住了,得先找到日记才行。她想弄清楚的无非是印度发生了什么。等等……这孩子也许会用电脑写日记。

可她不走运。西哈亚太太极不擅长利用电脑检索,遑论搜查如此繁多的图片和文档了,里面还有(我的老天啊!)下载色情视频的文件夹。

她好奇极了，点开一个视频，看到三个男人在床上，下巴差点没掉下来。她慌忙关闭窗口，重新专注于搜寻，迷迷糊糊地左点一下、右点一下，突然弹出一个对话框，问："您是否想要格式化 D 盘？"

她没明白。"格式化"是"整理"的意思吗？她猜，将电脑内所有文档"格式化"，就能看见每一个文档吧。她点击"是"。

她屏住了呼吸。电脑显示，还需要三十分钟。

她转过身，继续在房间里寻找托马斯的日记，找遍了橱柜，也查了床底。她打开衣柜，又看见托马斯那堆内裤。什么也没有。托马斯把它放到哪儿了？她走到角落的书柜前，看见其中一层放着一张叠起来的报纸。她打开玻璃柜门，取出报纸。

报纸看起来很旧了。她检查了日期，是去年 9 月 15 日。那时他们不是已经去印度了吗？为什么偏偏留着这一天的报纸？它又是怎么出现在托马斯的书柜里的？他不是对自己的藏书极为挑剔吗？西哈亚太太越发狐疑。

她将报纸翻来覆去，浏览上面的标题：《当地州长遭肃腐委员会逮捕》《拉西亚那海滩一带发现两头鳄鱼》《印度尼西亚在东南亚藤球锦标赛上夺冠》《唐格朗一医生被曝非法实施堕胎手术》……

当她看清最后那个标题，西哈亚太太的心揪住了。回想起里奥出生的那一夜——脐带缠住了他的脖子，所以医生只得给她做剖宫产，可又不确定能否平安接生婴儿；他在她身体中央划了两刀，形成一个巨大的"×"，像是永久性的符号，拒绝了日后可能的分娩。因此，里奥没有弟弟妹妹。

西哈亚太太明白，自己对待这事的态度偏向保守。可我周围那些人呢？她心存戒备地想。他们更是一塌糊涂。朋友劳拉死于难产。当时她已年近五十，坚持要继续生。猜猜怎么着？别的人家都夸她真有勇气！那她丈夫借酒消愁该怎么办？那她还没成家的儿女又怎么办？

但西哈亚太太也知道,这篇报道肯定会惹自己生气的,因为她有特殊情况。她想起自己和丈夫咨询过的所有医生——多得难以计数,以及他们千篇一律的说辞:风险太大了。新闻里这个医生令她愤懑,她希望开庭时自己能去现场,这样她就能狠狠地咒骂他了。抱上孙子曾经只是她的奢望,她的独生子和男人结了婚,连为了传宗接代去碰一下女人都不愿意。与此同时,就在他们家几公里外,某个医生暗地里一直在做人流手术。

西哈亚太太还记得他们为了杰瑞米花了多少钱:三万五千美元。情况瞬间明朗起来,清晰得像纯净水。托马斯那么憔悴,肯定是因为这个!三万五千美元不是一个小数目。

背后的实情让她心神疲惫,她将报纸叠好,拉开柜门,正要把它放回原位,突然愣住了。书柜的角落藏着一本黑色皮革装帧的书。

她咧嘴一笑,把它带到双人床上,坐下读了起来。原来它在这儿！她一边想，一边翻着书页，找到去年10月的位置。

10月4日

我们从印度回来了。我发现，里奥对我的态度有所变化，他一定还在想着那件事。当然，我很内疚，想求他原谅，但我也希望里奥能负起更多责任。我想让他意识到，他自己也有错，他得改变。不过，我想，或许我也得改变。

西哈亚太太的心为之一沉。很显然，她猜对了。他们在印度出了事。但到底是什么事呢？她往前翻，却发现前面几页已经被撕掉了。那是有多可怕、多糟糕，他才会把自己日记里这几页都销毁掉？是不是跟杰瑞米的出生有关？还是跟她——他的婆婆——有关？

她翻过这一页，猛然发觉日记的古怪之处。就连托马斯自己的想法都是用代码写成的,明显不合常理。她决定略过那年其余的篇目,直接跳到杰瑞米出生前那几天。

6月8日

今天拉杰什医生打电话过来,确认宝宝出生时我们会去现场。我们给他起了名字,叫杰瑞米。我真的很焦虑。希望一切会好,那我就能放心了。

她继续看下去,依旧不明白他这些话的意思,便开始跳着读,跳过一页、两页、三页,最后就只是来回翻着书而已。书里滑出一张纸落到地上,她把它捡起来。这似乎是从小说或者教材里撕下来的。

我们总是寻不到合适的时机来告别。

她直直地盯着这行写在页尾的字，动弹不得。这是某本书的第 103 页。她立即动身翻找，搜过衣橱、展示柜、梳妆台，最后在抽屉里找到了那本《心脏疾病患者生存指南》，里面少了第 103 页和第 104 页。

所以是真的，托马斯得了心脏病，才变成这样。说不定他在印度时昏倒了，他们俩都瞒着她。托马斯也许担心，万一自己突然病发离世，里奥和杰瑞米该怎么办。她马上翻到 6 月 8 日那天的日记，又读了好几遍。那我就能放心了。显然，托马斯始终操心着里奥的将来——里奥，她唯一的儿子。

她哭了出来。七年来，西哈亚太太始终不遗余力地给他们俩添堵，哪怕说实话她并不讨厌托马斯。她从没讨厌过他。可是，她心底里总不想让托马斯过得太舒服。由于他的到来，她再也无法像别人一样平静生活，不得不离开标会，退出社交圈子——人人都在谈论她儿子的婚姻，人们也不再对她笑脸相迎了。

她又读了一篇日记。

12月24日

圣诞节到了,我很迷茫。时至今日,我一直牢牢记着亚伯拉罕和撒拉的故事。他们没生出孩子——直到亚伯拉罕与夏甲同房,诞下以实玛利。这不就是我们在做的事吗?生下以实玛利?但对于里奥和我来说,不会再迎来以撒。不正是如此吗?一天,我坐在院子里,想起上帝对亚伯拉罕的应许,他的后裔将多如天上的星、海边的沙。我遥望云卷云舒,自问:"那我们呢?若我们的后裔未有多如天上的云?"

西哈亚太太难忍涕零。电脑响了:"叮!"可是已经用不着去找托马斯的电子日记了。

西哈亚太太行色匆匆地穿过医院走廊，心想："他在哪儿呢？"今夜多云，空气凉飕飕的。她本应在家里等着他们，她的风湿病又犯了，但她明白自己必须即刻同托马斯谈谈。

她上一次对他表现出善意是什么时候？不记得了。岁月悠悠，七载已过。现在她怀着一种强烈的冲动，想和他说说话，想告诉他，他们会一起挺过去的。她想在他耳边低声轻语，"我知道你有想说却说不出的话，我都明白"，或者"别怕"，又或是"如果你需要陪伴，今后我会一直在你身边"。

要是她还能梦见丈夫就好了。她会告诉他，她现在能接受儿子的身份了，而且也准备好去接纳更加重要的东西，比如孙子，又如人生的真相——它既复杂又漫长。

她看见了走廊尽头的里奥与托马斯。他们聊得很投入。她刚想走上前去，却发觉里奥神色有异。出了什么事？托马斯一直在擦眼睛。肯定出事了。可能托马斯正在向里奥坦白实情。

她决定给他们留出空间，便坐到转角的座位上，躲在一盆巨大的绿植后面。她在这个位置能听清楚他们的对话。

"为什么不早说？"

这个疑惑的声音属于里奥。他当然会诧异，谁不会呢？

"我怕你要打掉他。"

打掉？他们怎么在讨论堕胎？她抻长脖子朝那边看。

"但你也应该告诉我。"

"拉杰什医生说可以堕胎，"托马斯声如蚊蚋，"我很害怕你会要求打掉。"

西哈亚太太愣在原地。

"不管怎样，你都应该告诉我啊。"

她在里奥的声音里听出了一丝背叛。

"你忘记机场的事了吗？你说自己宁愿把残疾的婴儿堕掉，也不想让他拖累你。"

她心里一沉。他们肯定在机场聊到了报纸上的文章。她感觉双腿被一阵寒意侵袭，膝盖疼了起来。所以，是她的孙子得了心脏病。

"你得说句话，承认自己错了。"

"怪我？你为什么总把责任都推到我身上？每次你妈不对，也被你说成是我的错。"

"别扯上我妈，"里奥说道，语气骤然带上了愠意，"串通医生瞒住我的可不是她。"

"要不是你妈非逼着你生孩子，我们也不会碰上这种事。"

"你说什么？"

"如果你妈接纳了我们原本的样子，哪儿来这么多麻烦呢？！"

"怎么又说回这件事了？"里奥气呼呼地说。

托马斯哼了一声。"你太爱你妈妈了，从没试着理解我的感受，"托马斯抹一把脸，喝光了水瓶里的水，"你根本不爱我。"

"我爱你啊！"里奥说道，话里藏着一丝不耐烦，仿佛这同一句话已经说过千遍万遍。

"你更爱你妈妈。"

"那又怎么样？"

"你忘记我们婚礼上发生了什么吗？我在跳舞，你也在跳舞，你那些阿姨抢着要跟我跳舞。人人都很高兴。然后你妈妈当着所有人的面朝我大吼，就因为我叫了她一声'妈'。那是我人生中最期待的一天！里奥，我等那天等了一辈子。

"跟你说实话吧，"托马斯继续说下去，声音很是疲惫，"我今天不是去见出版商。"他叹了口气。

"我去签了租房合同。"

"……什——什么？"

"我受够了，真的。"

现在轮到里奥哭道："别离开我。"

"我们可以搬出去住,只要你想,"他补充道,"别走。"

托马斯流着眼泪摇摇头。

"我和你一起走,不用管我妈。"

"我想一个人静静。"

"那谁来照顾杰瑞米呢?靠我一个人?"

"你可以叫你妈帮忙。"

"我不要她,她只会添麻烦。我要的是你。"

西哈亚太太石化了。托马斯还是不说话。

"你不记得自己说过什么了吗?'我们的子孙将多如天上的云。'你忘了吗?"

西哈亚太太只觉天旋地转。她颤巍巍地起身,走到听不见说话声的地方,猛地瘫坐在椅子上。

她不敢相信自己的耳朵。托马斯就没有考虑过她作为母亲的感受吗?她要费多大的力气才能接受现实;想到他俩在圣坛起誓厮守终身,她又多么不是滋味。要有多么坚强,才能回答旁人提出的那些问题:里奥和男人结了婚?

他们怎么认识的？你同意吗？可她真的已经尽力去接纳托马斯了，一直在尽力。那现在托马斯怎么说放弃就放弃了？还是说，他也已经尽力了？她不知道。她始终都不知道。

泪水沿着脸颊滑落，咸咸的，像是海水的味道。她隐约听见了海鸥的啼鸣。或许里奥和她根本就不在医院里，他们都站在码头上，彼此隔了段距离，而此时的托马斯正登上一艘轮船。很快就会响起汽笛声，船锚拔起，轮船开动。托马斯将渐渐听不到他们的呼喊，渐渐看不清他们的身影。最后，他会把他们忘得一干二净。

她觉得现在的自己已经烂了、坏了，会害到身边的人；但同时也觉得，自己应该能解决的。婚后放弃事业，丈夫离世，独生子成了同性恋——这一桩桩的，她不都挺过来了吗？然而，如今摆在她面前的似乎是个无法战胜的困难。在儿子的生活里，她只不过是问题的根源，浑身上下都是麻烦。她明明是想给他最好的啊！尽管她不得不承认，自己有时也会茫然无措。样样事情都在变,变得太快了!一顿晚饭就能毁了所有,而她还没做好准备,仿佛一台年久失修的机器。她总是掉队。

她真的好想念丈夫啊!她盼望回到过去,那时候他们俩躺在床上,轮着抚摩她的肚子,畅想三口之家的未来:租一间新房,去欧洲度假,给头生子起名。("里奥·约哈内斯,就叫这个。"她说。)但她记不得自己曾经想过会变成这副模样——变成一棵黢黑、带刺的树,结出煤灰色的果,味苦,爬满了虫。

她的故事

黎明之际,她猛然发觉自己不过是个虚构人物,而她长久以来的生活只是故事。

女孩一整个上午都在做她的日常工作:像平时一样将水煮沸;像平时一样把咖啡豆倒进机器研磨,用秤称重;像平时一样对离店的客人道谢,即使身体里壅塞着一团加了过量小苏打的面粉糊,不断膨胀,再膨胀,令她呼吸困难。

到了下午两点左右,咖啡店里人不多,她走进员工洗手间,凝视着镜子里的自己。这肉是真的,她心想。蛋白质是真的,水是真的,磷脂双层是真的。话说回来,它们都不过是单词而已,可单词多多少少也追溯于蛋白质——那时它们还是某人大脑内的数百万个神经元。她摘下胸前的工牌,扯出别针,将针头扎进指尖。有一种黑色物质渗了出来。她先闻了闻液体的味道,又尝了尝。她还从没遇到过这种事儿呢。她知道血的样子,明白血是什么。这不是血:第一,它不是红色的;第二,它也有股异味,但并非血腥气。然后,她试着回忆自己上一次摔跤、膝盖流血……但她想不起来。她试着回忆双亲,却只能想起一个留着西蓝花模样卷发的女人。没有父亲,连一个疑似"父亲"的男人都没有。莫非她像耶稣一样,只有母亲,没有父亲?嗯,她刚想什么来着?耶稣?耶稣是谁?她记不起来了。

她尝试回忆童年过往,却只想起一些无关紧要的场景:一场鸡翅大胃王比赛;节日上,有个年轻人装扮成芭蕾舞者,她随他笑了起来;还有一片湖,她和一个小男孩坐在湖上的天鹅船里。等一下……那个真是她吗？那女孩瘦得只剩骨头，看起来和她没有半点相似处。但她心里有个声音在说：是，她就是你。她头晕目眩。她走出卫生间。"我能休息五分钟吗？"她问同事安东。她试着回想有关安东的一切：第一，他们已经共事了两年；第二，他们关系好得像是一个妈生的；第三，他对腰果过敏。她试图回忆他的生日……毫无头绪。这怎么可能呢？她绝望地想。

"怎么？房东大妈又把你搞得头疼了？"

她摇摇头。不过，她出租屋的房东大妈的确是有史以来最卑鄙的人。

她掏出纸、笔，坐在店里的角落尝试自由写作。前一周的写作课上，老师说这是一个唤起往日记忆的好办法。她自问，"房东大妈为何会变得如此可怕？"然后匆匆写下答案。

然而，她脑中浮现出一张男人的脸。她低头凝视纸张，看见自己写的第一句话：他经常拿着好几本书，一整天都在读书。她皱眉,心想:这怎么会把人变得可怕?她自己也喜欢读书。

然后,她试着换了个题目。妈妈的蛋糕,她想着,准备记下大脑对该词组的反应。

可她能想起的又只有那个男人!她忆起那个风雨交加的漆黑夜晚,他走进这家咖啡店,点了热巧克力和芝士蛋糕,说:"亲爱的,能把蛋糕加热一下吗?"(他叫我"亲爱的"!她心想。)另一边,说到"妈妈的蛋糕",想到的就只有文字——"好香""杏仁糖衣"。没有任何关于蛋糕本身、关于家人围坐的餐桌的记忆。连蛋糕长什么样都不知道!她失望地叹着气。她想,我这个故事的作者明显是个外行,不够关注细节啊!

她决定看会儿书,便翻开桌上的女性杂志,没读上两秒呢,就差点惊掉了下巴。书页一片空白。她心想,这是什么意思啊?多不公道,偷工减料!如果你连笔下人物所需之物都提供不了,那你当创作者还有什么意思?她希望作者起码要记得人人都需要爱。每个人,包括她在内!她希望会有人为她而写。她希望自己的故事不是那种写给厌世者看的悲剧,希望故事的作者没有沉溺于酒精。

她需要休憩。倘若睡眠充足,狂乱就会止息,可能——虽然她知道这不可能——明天醒来,她已经变回了正常人。

她坐公交车回家,想到晚上还有"微积分Ⅱ"和"宇宙学导论"两节课(她正在自己住所附近的一家不知名大学上物理函授班),可她没力气去上课了。

她试图想象写下她这个故事的人。是男是女?我打赌是个男的,她心想。如果作者是女人,我才不会遭遇这么凄惨的命运;如果作者是个女人,我就有机会去上合适的大学,我就能赚得同安东一样多,我也不会老是想着男人——好像他们是唯一要紧的东西似的!不过,他长得帅吗?别人会叫他"帅哥作家"吗?我喜欢绿色,那他喜欢绿色吗?他身材瘦吗,还是跟我一样胖胖的?

我长得胖，是因为他胖吗？或者说，因为我胖，所以他也长得胖？

女孩想，自己的故事不会是一部自传体或半自传体小说吧。譬如，九重天外，有这样一个胖子，他也总是在黎明时分早早醒来，起来检查手机，只有通信运营商发了几条广告短信。他起了床，打算泡一杯速溶咖啡，但最后改了主意，因为他记着自己要减肥，得控糖；然后也记起了那个让他产生减肥之念的人，他非常想他，虽然他们还是没能走到一起。最后，为了转移注意力，他打开笔记本电脑，试图写点东西。也许这家伙一直想写个元虚构小说，终于在这天清晨动笔，写下"黎明之际……"——但想不出后面该怎么写了。于是他冥思苦想，在自己身处的世界之上，在大气层外，在无数天体之外，在徐徐膨胀的宇宙边陲之外，一个瘦骨嶙峋的女人正写着小说。女人同他一样，喜欢在黎明时分早起，查看自己的手机，只有通信运营商的广告短信……

"我要下车。"公交车开到教堂时,女孩对司机说道。她下了车,朝公寓走去。

这一切都毫无意义,她的人生毫无意义。她想,她之所以存在,只是因为有人闲得没事可干。

她想:倘若那胖子没再写下去,我便不会存在,不必经历这一切。而她会留在他的脑海之中,宛如子宫内的胎儿对自己的存在无知无觉。

现在她好奇的是,他为什么选择去写一个胖女人,而不是胖男人?话又说回来,两者在这儿又有什么不同呢?哪怕有也不重要,不是吗?没人爱的胖女孩,没人爱的胖男人,有多大区别?她意识到自己记不住生命之中的任何一件事,因而无法与任何事物产生联结。她打开前门的锁,她想马上就躺下。

她希望故事里的自己没有被写作"我",毕竟"我"受限太多,她更愿意当"她",甚至是"那个胖女孩"(尽管不太理想)。她想要全知叙事:"他心中深爱着那个胖女孩。她为他加热了芝士蛋糕,特意煮了红茶,第一口蛋糕入口化开,他就爱上了她;而当他啜饮红茶,暖意在胃里蔓延,他便告诉自己:'我会一直爱她,至死不渝。'"

她站在自己的房间门口,盯着左手边的楼梯。房东大妈一直不许她上楼:"我们就是纯商业关系,我是房东,你是租客。别的没了!"女孩稍微犹豫了一下,但随后就走上楼梯,体会着踏出的每一步。然后她抵达了二楼,惊得目瞪口呆。眼前的世界是一片空白。她向前迈步,却撞上一堵看不见的墙。

墙?她笑出了声,笑得止不住。不,这不是墙,她笑完后想,它是"非存在"。

女孩想象她的故事会在报纸上发表,而在纸页右下角标注创作于某年某地的位置会出现一行字:献给×××。后面跟着一个人名,也可能是两个。当然,女孩不知道那会是谁的名字。玛利亚或者马里奥?莉欧娜或者里奥?迪亚斯（♀）或是迪亚斯（♂），又或是迪亚斯（⚥[1]）？天知道。但有件事是确定的。小时候，她去参加鸡翅大胃王比赛，朋友们站在旁边大声为她鼓劲："加油！加油！加油！"所以，她明白自己并不孤单。她很想像他们一样，为那胖子加油，好让他心怀希望，明白自己不会一直孤单下去，这样他就会把她的故事写完。最终一切眉目清晰，而她将知道自己活在怎样的故事里，又是因为什么才被创造出来。

献给利奥波德·阿迪·苏亚·因德拉万、

迪亚斯·诺维塔·武里

---

[1] 跨性别符号，由♀（女性符号）、♂（男性符号）、♂（第三性别符号）组合而成的，代表跨性别者。

致谢

我活过来了。如果没有朋友,我就办不到了。

我想感谢蒂凡尼·曹,她为本书贡献了精彩的翻译。

感谢我的伴侣利奥波德·阿迪·苏亚,他细细地阅读了我的作品。

感谢一直慷慨以待的狄奥多拉·达内克和黛博拉·史密斯。感谢 Tilted Axis 出版社、Giramondo 出版社、

Gramedia Pustaka Utama 出版社的全体人员。

感谢米尔娜·尤里斯蒂安提和泰贾·阿凡迪,他们是这本书最早的朋友。

感谢刊载过本书部分故事的期刊:*Catapult*、*The White Review*、*Intersastra*、*Kill Your Darlings*、*ABC Radio Australia*。

感谢赞助过本书取材与写作的柏林文学研讨会、罗伯特·博世基金会。

感谢 Nhã Thuyên、凯瑟琳·里斯,以及 AJAR 出版社。感谢艾伦·范·内尔文和萨罗·欧麦。感谢艾米丽·斯图尔特。感谢洛桑滕培。感谢经常给我活儿干的尼努什·安达努斯瓦利。感谢佩达纳·普特利。感谢萨帕迪·乔科·达莫诺。